IL N'EST JAMAIS TROP TARD

RIMIQUEN

IL N'EST JAMAIS TROP TARD

Une histoire d'amitié entre un homme et un chien errant, une rencontre qui changera tout

© 2019, RIMIQUEN
Édition : BoD – Books on Demand
12/14 rond-point des Champs-Élysées, 75008
Paris
Impression : BoD - Books on Demand,
Norderstedt, Allemagne
ISBN : 9782322012831
Dépôt légal : Mai 2019

Je tenais à remercier mon mari et mes enfants pour leur patience infinie et leur aide précieuse.

CHAPITRE 1

Un vol d'étourneaux passa très près de lui, Jean leva la tête amusé par leur ballet. Il frissonna et resserra les pans de son manteau. Décidément cet hiver était bien triste, un ciel toujours gris, et des températures glaciales. Il se tenait debout devant la bastide familiale qu'il venait d'hériter de son père, décédé depuis trois mois.

Il s'avança faisant crisser les gravillons sous ses pieds, cette maison était dans leur famille depuis des générations. Il se sentit assailli par des images, des souvenirs, de son enfance, de beaux moments partagés en famille. Un doux sourire se dessina sur ses lèvres à l'évocation de ce passé. Aujourd'hui, de la famille il ne restait que lui et son fils Thomas âgé de vingt-quatre ans, avec qui, il n'avait pratiquement plus de contact.

Il soupira, comme pour alléger le poids qui l'oppressait. Il avait l'impression d'être passé à côté de beaucoup de choses, d'avoir raté sa vie. Son père était un doux rêveur, alors que lui était un homme d'affaires, hanté par la réussite. Oh ! Il avait une belle carrière, un compte en banque bien garni, mais au final, il était bien seul.

Il lui semblait entendre la voix de son père lui disant, « vis ta vie », « profite de ceux que tu aimes », « prends le temps d'aimer, pour ne rien regretter », « une vie c'est trop court ». Toutes ces petites phrases que son père lui répétait, à chaque fois qu'il l'appelait, et auxquelles il n'avait jamais prêté attention. Il secoua la tête, mais pourquoi était-il venu ici ?

Cela faisait des années qu'il n'y mettait plus les pieds, son père et lui, ne se comprenaient pas. Il grimaça, en fait il avait la même relation avec son fils. Il ressentit comme une crispation au niveau de la poitrine, une douleur vive et lancinante.

Il sortit la clef de sa poche, et ouvrit tout doucement la porte comme si les fantômes du passé allaient l'agresser. Mais, pourquoi ne s'était-il pas contenté de vendre cette maison depuis Paris, sans y remettre les pieds ?

En ouvrant la porte, il découvrit un silence pesant, la maison était bien entretenue, une femme du village, la vieille Céline s'en occupait. Elle avait allumé un bon feu de cheminée cela donnait une douce ambiance à la pièce, une chaleur réconfortante, et une bonne odeur de cire flottait dans l'air. Il redécouvrait chaque meuble, rien n'avait changé, si ce n'est les tentures.

Il s'approcha de la cheminée tendit les mains pour se réchauffer. Mais, son regard fut attiré par le fauteuil posé juste à côté. Sur la table se trouvait les lunettes de son père, et un livre refermé, avec un marque page. Comme si celui-ci allait franchir la porte à tout moment, et continuer sa lecture. Il lui semblait entendre ses pas dans l'escalier. Jean sentit monter un sanglot, lui qui ne pleurait jamais et une violente douleur lui oppressa la poitrine, l'expression du chagrin. Il entendit derrière lui, une voix qui le fit sursauter.

- Je n'ai pas pu les jeter.

C'était la vieille Céline, il l'avait rencontrée à l'enterrement. Cela faisait dix ans, qu'elle était au service de son père. Lui, n'avait pu s'attarder trop pressé comme toujours, il avait dû repartir sur Paris pour son travail. Elle s'approcha doucement et le dévisagea.

- Vous lui ressemblez de plus en plus. Il parait que vous voulez vendre cette bastide ? Demanda-t-elle, en grimaçant. Votre père doit se retourner dans sa tombe.

Jean ouvrit la bouche pour la remettre à sa place, personne n'osait critiquer ses décisions. Mais, le regard doux et franc de cette femme l'en empêcha.

- Je vis sur Paris je n'ai pas le temps de m'occuper de cette demeure.

- Vous êtes à la retraite depuis un mois maintenant, puisque vous avez vendu votre entreprise. Vous pourriez vivre ici ? Elle le fixait avec insistance. C'est ce que votre père aurait voulu. C'était son rêve, dit-elle, le regard empreint de tristesse.

Non mais quel toupet ! Pensa Jean en quoi cela la regardait-elle ? Toutefois, il y avait quelque-chose chez cette femme qui l'obligeait à répondre. Il prit une grande respiration.

- Je ne reste que quelques semaines, le temps de tout remettre en état et de tout régler. Ma vie est à Paris.

- Quelle vie ? Votre père disait que vous viviez seul depuis la mort de votre femme Hélène il y a neuf ans, Vous n'avez plus que Thomas, et d'après votre père votre relation n'est pas des plus brillantes.

- Non mais ! De quel droit vous permettez-vous de vous mêler de mes affaires ?

Décidément malgré son désir de rester calme, Céline avait le don de le faire sortir de ses gonds. Entendre dire que sa vie était vide de sens, le mit en colère. Peut-être parce qu'il en était lui aussi arrivé à la même conclusion.

Puis, Jean se souvint que Céline avait tous les droits. C'était elle qui était restée, auprès de son père jusqu'au bout. Alors que lui parcourait le monde. En plus elle ne faisait qu'énoncer à voix haute une vérité, qu'il ne pouvait nier. Oui, cette femme trop curieuse avait le droit de se montrer aussi intrusive sur ses choix de vie. Alors, il soupira.

- Qu'est-ce que je ferai ici tout seul ?

- Ici ou à Paris, moi je préfèrerais, être sur les terres de ma famille. Et puis, dit-elle en chuchotant, votre père disait qu'il y avait un trésor dans cette maison. Elle lui fit un clin d'œil.

Jean éclata de rire, heureux d'alléger l'atmosphère. Il se souvenait de cette vieille histoire que son père racontait le soir au coin du feu. Jean était fasciné comme tous les enfants, par l'idée de découvrir un vrai trésor. Oh ! Il l'avait bien cherché, mais en vain.

- C'est une légende Céline, mon père était un rêveur. Toute ma vie j'en ai entendu parler. Vous ne croyez pas que depuis le temps, un CAMOIN l'aurait trouvé, ce fameux trésor ?

- Ah non ! Votre père disait que vos ancêtres avaient laissé un trésor. Il y croyait, et moi aussi. Mais, ne vous inquiétez pas, je n'en ai jamais parlé à personne. Il ne manquerait plus qu'un étranger vienne vous le dérober, cela serait le comble après avoir attendu aussi longtemps.

Jean secoua la tête en souriant. Dans le fond, il l'aimait bien cette Céline, avec son franc-parler. Elle avait le regard doux, et le grand cœur des Provençaux.

- Bon, continua-t-elle, je vous ai laissé un bon plat dans le four, tout est propre, je reviens demain.

Elle sembla hésiter un instant, se mordant la lèvre en le regardant.

- Jean, dit-elle avant de se détourner. Prenez le temps de réfléchir, il n'y aura pas de retour en arrière, vous risquez d'avoir des regrets. Il n'y a rien de pire dans la vie.

Jean fronça les sourcils, en venant ici, il savait ce qu'il voulait. Vendre cette demeure, la vider, et retourner dans son loft à Paris. Pour y faire quoi ? Lui chuchotait une petite voix dans sa tête. Mais, depuis son arrivée ici, il avait l'impression que ses bonnes résolutions s'effritaient.

Depuis qu'il était à la retraite, il se rendait compte qu'il n'avait pas de vrais amis. Il avait passé sa vie à travailler, surtout depuis la mort de sa femme. Ses amis étaient soit trop occupés, soit beaucoup trop superficiels. En fait, il se sentait terriblement seul, et depuis la mort de son père, il ne cessait de se poser des questions, de revoir ses choix. L'impression d'être passé à côté de quelque-chose d'important ne le quittait plus. Un mal-être lui tenait compagnie, et s'il souffrait de dépression ? Jean secoua la tête, Non ! Il savait que c'était autre chose de bien plus profond.

Il décida de défaire ses valises, de se changer, et de partir faire un tour dans la colline. Sûrement que la raison lui reviendrait. Le contact avec la nature l'avait toujours apaisé. Pourquoi les doutes l'assaillaient ?

La demeure se trouvait en retrait du village, adossée à la colline. Instinctivement il prit le même sentier qu'il prenait enfant, cela permettait d'accéder plus rapidement au village, et au détour d'un sentier, il offrait un point de vue imprenable sur le village. En fait, rien n'avait changé, la nature était toujours aussi sauvage et naturelle.

Le froid, il ne le ressentait même plus, perdu dans ses souvenirs. Le visage et l'air déterminé de la vieille Céline qui l'avait accueilli, amena un sourire sur ses lèvres. Cette femme était un personnage. Personne ne se permettait de lui parler ainsi.

Plus il avançait, plus il faisait une plongée dans son passé. Il secoua la tête, il s'en voulait d'avoir laissé des désaccords l'éloigner de son père, il aurait dû… Si seulement il avait su, que le temps leur était compté. Puis, il soupira, cela n'aurait rien changé, ils étaient si butés tous les deux, comme lui et Thomas en fait. Il y voyait un parallèle incroyable.

Thomas qui avait abandonné ses études pour devenir un artiste peintre. Jean soupira. Si sa femme avait encore été là, elle aurait su quoi dire, quoi faire. Lui, écrasé par le chagrin du décès de sa femme s'était plongé un peu plus dans son travail, laissant ce jeune adolescent libre et abandonné.

Comment s'étonner qu'ils ne se comprennent pas. Quand Thomas lui avait annoncé ses choix, Jean s'était énervé, il s'était éloigné de son propre fils, n'approuvant pas ses décisions. Il ne voulait pas être le témoin de sa déchéance, de ses échecs. Lui, avait tellement mieux à faire, des contrats à signer, des gens importants à rencontrer. Enfin, c'est ce qu'il croyait à ce moment-là.

Quel prétentieux il était, de quel droit juger les autres, par rapport à sa propre réussite. Mais tout cela, il n'en avait jamais eu conscience. C'est le décès de son père qui avait remis son monde sur l'axe, lui mettant le doigt sur ses propres erreurs, son esprit coincé étriqué.

On croit qu'on est prêt au départ de ses parents, c'est logique, c'est la vie, c'est dans l'ordre des choses.

Mais, lorsque cela se produit on ressent un vide abyssal, le sentiment de ne pas s'être tout dit, d'avoir oublié l'essentiel. Il aurait dû prendre le temps de lui parler, l'écouter. Le fait de savoir que maintenant il n'en aurait plus jamais l'occasion, l'anéantissait au plus profond de lui-même. Un sentiment de perte, l'impression de l'avoir abandonné pour des bêtises, des broutilles. Il avait encore tant de questions sans réponses.

Il releva la tête, il était arrivé au point de vue, il s'approcha doucement en faisant attention de ne pas glisser, il n'était plus ce jeune adolescent fougueux qui sautait de rocher en rocher. En apercevant le village niché dans la verdure, Jean en eut le souffle coupé. C'était si beau, si parfait, si paisible. Comment avait-il pu oublier tout cela ? Il admira un long moment ce paysage.

- Pardon papa, je suis un parfait idiot, toi tu le savais, moi je n'avais rien compris. J'ai commis tant d'erreurs dans ma vie. Excuse-moi, de t'avoir délaissé, de n'avoir jamais eu le temps de revenir. C'était des fausses excuses, mais ça tu le sais n'est-ce pas ? Le pire c'est que je sais que tu ne m'en veux pas, tu me pardonnes, comme à chaque fois. Parce que tu es ainsi, gentil et profondément aimant. J'aurais aimé que tu te mettes en colère, contre moi, que tu me dises mes quatre vérités. Cela m'aurait rendu furieux, mais j'aurais peut-être changé, compris… ou pas.

Il poussa un long soupir.

- Tu as raison j'étais tellement borné, stupide, imbu de moi-même. Un sanglot monta en lui, qui l'étouffa littéralement.

Il posa les mains sur ses genoux, c'était une vague de désespoir, un tsunami émotionnel qui noyait son cœur.

- Tu me manques tellement, si tu savais à quel point, je ne m'en étais même pas rendu-compte. Mais, voir la bastide sans toi, c'est terrible. Cette terre, c'est toi. Toutes les images qui me reviennent sont associées à notre famille, tu es présent dans chacune d'elles. Je crois qu'en ouvrant la porte j'ai compris. Ce fut un choc, tu es parti, pour de bon, pour de vrai. Plus jamais je ne te verrai… Plus jamais je ne pourrai te dire je t'aime et…Pardon.

Les larmes ruisselaient sur ses joues.

- Comment je vais faire pour réparer tous mes torts ? Je ne sais même pas par où commencer. Et le pire, c'est que malgré moi je t'en veux encore, de ne pas m'avoir laissé le temps de comprendre, de m'excuser. Il ricana tristement, mais combien de temps aurait-il encore fallu pour que je réalise ?

Jean leva la tête vers le ciel orageux, à cet endroit précis, il se sentait plus proche que jamais de son père. Un endroit hors du temps, où la vie et la mort n'existe pas, où les âmes se comprennent, où l'on peut tout se dire sans crainte, sans mentir, sans faux semblant.

Une larme perla de nouveau à ses yeux, qu'il essuya distraitement sans y faire attention. Il continua son monologue, il savait que son père le comprenait. Depuis le temps, qu'il attendait cela.

- J'ai l'impression d'avoir tout raté, ma relation avec toi, avec Thomas. Quel monstre suis-je, pour ne pas avoir pensé à t'amener plus souvent Thomas. Je l'ai tenu éloigné de cet endroit, j'avais peur qu'il prenne ton parti. Je sentais au fond de moi que Thomas te ressemblait et cela m'énervait. Je m'en rends compte aujourd'hui.

Jean secoua la tête.

- Pour ce que cela change maintenant, je vous ai perdu tous les deux. Je me rends compte que j'étais habité par une colère profonde ancrée en moi, qui altérait mon jugement. L'impression permanente d'être incompris de ceux que j'aime.

Un épervier surgit brusquement d'un buisson, lui faisant perdre l'équilibre, il se rattrapa de justesse. Il crut entendre dans le souffle du vent, une voix qui lui disait « il n'est jamais trop tard ».

Il regarda de nouveau le ciel et aperçut un minuscule coin de ciel bleu. Il sourit, soulagé d'un poids, son père l'avait entendu, il en était persuadé. Il ressentit un sentiment d'apaisement pour la première fois depuis bien longtemps.

Tout à coup une pluie diluvienne s'abattit sur lui, Jean rebroussa chemin le plus rapidement possible en riant comme un enfant, il courut vers sa maison. Il savait qu'un bon feu l'attendait.

CHAPITRE 2

Le lendemain matin, Jean se leva le cœur un peu plus léger, il avait passé une mauvaise nuit, mais il avait l'impression d'avancer. Comme si la brume dans laquelle il vivait se dissipait. Ses idées devenaient plus claires.

Depuis un mois, la retraite lui pesait. L'inactivité, l'absence de projets, tout ce temps libre le déprimait. Il avançait chez-lui comme un zombie. Il n'avait envie de rien, ne pensait à rien, il se disait que c'était juste la fatigue qui le rattrapait, que d'ici quelques semaines cela irait mieux. Qu'il aurait de nouveaux projets, de nouvelles envies.

Mais en fait, c'était tout simplement, que sa vie ne lui plaisait pas, et aujourd'hui il en avait pris conscience. La retraite l'avait obligé à voir la réalité en face.

Il descendit les escaliers, attiré par les aromes d'un bon café et l'odeur d'un gâteau qui cuisait. Que ces aromes lui avaient manqués, depuis la mort d'Hélène sa femme. Il vivait principalement dans des hôtels luxueux certes, mais dépourvus d'âme.

Dans la cuisine, il découvrit Céline, en train de surveiller la cuisson du four. C'était une présence rassurante, chaleureuse.

- Ah ! Ben dites donc ! Il était temps. On dort longtemps chez-vous. Je commençais à m'inquiéter. Le gâteau sera prêt dans deux minutes. Installez-vous ici, je vous sers une tasse de café, dit-elle en se retournant.

- Bien le bonjour Céline, répondit Jean, heureux, d'avoir quelqu'un à qui parler le matin en se levant. Tout cela m'a l'air bien délicieux.

Céline le regarda par-dessus ses lunettes, avec un léger sourire sur les lèvres.

- Vous me semblez de bien belle humeur ce matin, lui dit-elle. Auriez-vous un frère jumeau ?

Jean éclata de rire. Il adorait son franc-parler.

- Je suis désolé, je me suis montré très désagréable hier, en fait j'ai l'impression qu'il y avait en moi une grande colère, une frustration, et ce qui est bizarre, c'est que depuis mon arrivée, j'ai l'impression que cela s'apaise.

Céline, croisa ses bras, elle le fixa d'un regard doux. Elle prit une chaise et s'installa à côté de lui.

- À la bonne heure. Vous savez je comprends, et lui aussi, fit-elle en levant son index vers le ciel.

- Qui lui ? Demanda Jean, en fronçant les sourcils.

- Votre père ! Vous savez, parfois on a des certitudes, on fait des choix, on dit des choses, et puis il suffit d'un décès d'un proche, pour tout faire basculer. On se remet en questions, on revoit ses priorités. On grandit, ou on vieillit comme vous voulez. Mais, dit-elle en faisant un clin d'œil cela vous change. Certains en mieux, d'autres les cas désespérés, ne changeront jamais.

- Mais, il est trop tard pour changer quoi que ce soit, répondit tristement Jean.

- Pourquoi ? Vous êtes mort ?

- N'importe quoi ! S'insurgea-t-il. Ce que je veux dire c'est qu'on ne peut pas revenir en arrière. Ce qui est fait est fait, comme on dit. Il n'y a pas de retour dans le passé.

- Qui vous dit de regarder en arrière, au contraire allez de l'avant. C'est peut-être la raison de votre venue ici. Vous saviez que vous deviez revenir. La règle numéro un, est de ne jamais rien laisser en suspens, il faut aller au bout, un pas après l'autre. Pourquoi ne pas donner un nouveau départ à votre vie ? Vous savez maintenant ce qui est important. Vous l'avez dit vous-même, alors ne perdez plus de temps.

Elle pencha la tête en le regardant tendrement, puis elle tapa des deux mains sur la table.

- Au fait, vous déjeunez et puis après vous irez me chercher le pain au village. Je ne suis plus aussi jeune qu'avant, le chemin me fatigue.

Jean acquiesça en souriant. Il étudia Céline qui sortait le gâteau du four. Cette femme qu'il prenait pour une vieille femme sans intérêt, semblait au contraire, avoir un esprit très vif, elle était très douée pour comprendre les gens, et surtout le sens de la vie. Elle lui permettrait peut-être de savoir ce qu'il devait faire, pour se sentir épanoui, et heureux de nouveau. Il voulait un changement, il en ressentait la nécessité. Alors, si Céline pouvait l'aider le temps de sa venue ici, pourquoi pas.

Jean se prépara, il se couvrit chaudement, le ciel était encore bien gris, décidément cet hiver était d'un triste. Lui, qui était habitué à sortir toujours en costume cravate à Paris, décida aujourd'hui de mettre un jean, un gros pull à col roulé, et un gros blouson. Il se surprit à sourire, même son aspect commençait à changer.

Le froid le saisit en sortant, un énorme orage allait éclater, il devait se dépêcher, il aurait pu prendre la voiture et passer par la route. Mais, ici, il ressentait le besoin de marcher à travers la colline. Cela lui donnait un sentiment de liberté incroyable.

Alors comme la veille, il reprit le sentier. Il marcha d'un bon pas, tout heureux de fouler le sol, de cette terre qu'il aimait tant. Le village était typique des petits villages Provençaux. On apercevait de vieilles maisons en pierre, des rues étroites pour protéger l'été du soleil, des oliviers dans les jardins et des immenses cyprès devant les portes. Il ne connaissait plus personne, et on ne le reconnaissait pas. Il avait quitté ce village tout jeune-homme et n'y avait jamais remis les pieds. Il avait voulu couper totalement les ponts avec son passé. Son père était venu lui rendre visite quelquefois à Paris, mais Augustin n'était pas fait pour la ville, il ne s'y sentait pas bien.

En rentrant dans la boulangerie, il fut assailli par d'agréables odeurs, tout lui faisait envie. Il prit une baguette comme le lui avait demandé Céline, et s'en retourna rapidement vers sa maison, l'orage grondait.

Malheureusement en cours de chemin, la pluie commença à tomber. Quel idiot ! Il aurait dû prendre sa voiture, voilà qu'il allait attraper mal, il ne manquerait plus que cela. Il hâta le pas, en cachant le pain dans son blouson.

C'est alors qu'il le croisa, marchant dans les buissons en bordure du sentier. Ce fut d'abord deux grands yeux marron d'une tristesse absolue. Il s'écarta de lui, comme s'il craignait que Jean ne lui donne un coup de pied. Puis, ce qu'il remarqua ce fut sa maigreur incroyable, les côtes se dessinaient, il boitait d'une patte.

Jean allait le dépasser sans se retourner, mais sans savoir pourquoi, il fit demi-tour, le siffla doucement. Il s'accroupit pour se mettre à sa hauteur et cassa son pain en deux.

- C'est tout ce que j'ai mon pote, mais je crois que même du pain, te fera plaisir, tu as l'air d'en avoir bien besoin.

Le chien hésita un long moment, semblant le jauger, puis s'approcha craintivement en baissant la tête, il fixa d'abord Jean comme pour l'étudier, et lentement du bout des babines attrapa le morceau de pain. Jean lui parla doucement et tendit la main pour lui caresser la tête. Son poil était rêche et trempé, celui d'un chien qui trainait tout seul depuis bien trop longtemps.

- La vie n'a pas été tendre avec toi, hein mon pote ! Lui dit Jean.

Puis il se releva, la pluie devenant plus dense. Il regarda une dernière fois ce pauvre chien, il ressentit un pincement au cœur, cette pauvre bête avait besoin d'aide, mais que faire ? Il ne connaissait personne, et il devait repartir sous peu. Il espérait juste que quelqu'un s'en occuperait.

En se dirigeant vers la maison, il ne pouvait s'empêcher de se retourner, le chien restait au milieu du chemin le fixant intensément de son doux regard chocolat empreint d'une tristesse infinie. Jean se sentit coupable, comme s'il l'avait abandonné, mais flute ! Ce chien n'était pas à lui. Et puis, il avait assez de problèmes comme ça. Il ne savait même pas, par où commencer pour réparer ses erreurs, remettre sa vie sur de bons rails. Alors gérer la vie d'un autre, même d'un animal, il n'en était pas question. Il était lui-même totalement perdu dans sa vie. Oui, mais, une douleur vive du côté du cœur, lui faisait comprendre qu'il avait tort, c'était un sentiment de culpabilité qui l'habitait. Le sentiment de faire encore une grosse bêtise.

Céline l'attendait sur le pas de la porte, le regard inquiet.

- Eh bien ! Mon pauvre on peut dire que vous avez pris une sacrée rincée.

Jean lui tendit le pain. Céline le regarda en ouvrant de grands yeux.

- Waouh ! Vous aviez sacrément faim, pourtant vous aviez bien déjeuné ce matin, dit-elle en souriant.

Jean ouvrit la bouche, puis la referma doucement, il n'avait pas envie de lui expliquer sa rencontre étrange avec ce chien. Céline aurait sûrement des conseils comme d'habitude, et Jean n'avait pas envie de les entendre. Il se contenta de hausser les épaules. Il connaissait suffisamment Céline et son franc-parler. Elle n'hésiterait pas à lui dire qu'il avait mal agi, et au fond de lui il avait honte de s'être détourné de ce pauvre chien.

Toute la journée un déluge s'abattit sur la région. Jean se sentait coupable, il était hanté par le doux regard chocolat de ce chien. Mince ! Pourtant il ne lui devait rien, il se frotta le torse. Depuis quelques temps, il ressentait une oppression. Il allait peut-être faire une crise cardiaque, cela expliquerait cette douleur permanente.

Mais en fait, il savait au plus profond de lui que c'était le poids de la culpabilité, comme pour son père, et son fils Thomas. Dès qu'il avait le sentiment de mal faire, la douleur se manifestait. Peut-être que son père en partant lui avait lancé un sort ? Ou alors Céline ? Elle aurait un petit côté sorcière, qu'il ne serait pas surpris.

Jean éclata de rire. Pas besoin d'un mauvais sort, il savait pertinemment que c'était sa conscience qui se faisait entendre un peu plus fort. Il n'avait plus les soucis du travail pour la faire taire, il était rattrapé par ses démons.

Cette nuit-là Jean dormit très mal, il ne cessa de se retourner dans son lit. Il entendait la pluie tomber, il espérait que ce chien aurait trouvé un abri. Mais, pourquoi n'arrivait-il pas à l'oublier ? À la première heure le lendemain, il descendit rapidement les escaliers.

- Vous êtes tombé du lit ? Lui demanda cette chère Céline.

- Ah ! Bien le bonjour Céline, le petit déjeuner est prêt ? Je dois aller chercher le pain.

Céline le regarda en plissant les yeux.

- Ouais, mais si c'est pour me ramener une demi-baguette ce n'est pas la peine de courir, dit-elle en croisant les bras.

Jean rit de bon cœur.

- Cette fois-ci la baguette sera intacte, c'est promis, dit-il en déposant un baiser sur la joue parcheminée de Céline, qui rosit de plaisir.

Céline le regarda partir, emmitouflé dans son blouson, il remontait le petit sentier comme la veille. Son pas semblait plus léger, plus pressé.

- Augustin dit-elle en chuchotant, je crois que ton petit est en train de comprendre. Il aura mis du temps, mais j'ai bon espoir, tu verras, ton rêve va se réaliser, dit-elle en envoyant un baiser avec sa main, vers le ciel.

Jean se hâtait de marcher, tout en regardant de tous les côtés il avait emporté discrètement une part de gâteau, et une tranche de jambon. Il le siffla, l'appela, mais malheureusement son nouvel ami semblait avoir totalement disparu. Il s'empressa d'aller chercher le pain, et fit le retour plus doucement malgré le froid intense, il était déçu de ne pas le voir.

Puis, de nouveau il l'aperçut au détour d'un sentier. Il semblait encore plus mal que la veille. Le chien le reconnut et s'approcha en boitant très bas, il remuait la queue doucement.

Jean était content, c'était fou, il ne le connaissait pas, mais il était quand même profondément heureux de le retrouver. Quelque-chose l'attirait chez ce chien, peut-être parce qu'ils étaient tous les deux perdus et malheureux.

Comme si ils étaient arrivés à la croisée des chemins. Ce moment précis où l'on sait que l'on doit changer de direction dans sa vie, sans savoir vraiment quel sentier emprunté. On a juste conscience que c'est le bon moment.

.- Tiens mon pote régale-toi, dit-il en sortant de son sac les provisions qu'il avait préparé. Le chien affamé se dépêcha de dévorer, le jambon et le gâteau en deux minutes, il semblait encore affamé. Jean hésita il regarda sa baguette, en soupirant.

- Céline ne sera pas contente tu sais, mais   tout   en   disant   cela,   il   donna pratiquement   la   baguette   entière   à   son nouvel ami.

Il resta un long moment à le caresser, il regarda sa patte, il y avait une grosse plaie qui semblait infectée.

- Flute tu as dû te faire mal sur les rochers, demain je reviendrai avec de quoi te soigner ne t'inquiète pas.

Le chien s'approcha de son visage et le lécha avec application.

- Beurk ! Eh mon pote je n'en demandais pas tant, lui dit Jean en riant doucement.

Il se releva, le chien le regardait avec un regard si triste, que Jean sentit le poids d'une enclume sur son cœur. Mais comment faire ? Il ne pouvait pas s'occuper de ce chien. Il devait repartir sur Paris.

Un berger allemand n'avait pas sa place dans un appartement, il serait trop malheureux. Mais, au plus profond de lui il entendit encore cette petite voix, « et pourquoi Paris ? « Jean se releva troublé et ému. Depuis quelques jours il doutait, il se sentait bien ici, il retrouvait son histoire, ses racines. Il se sentait plus proche de son père. Même si celui-ci était mort, il avait l'impression de partager beaucoup avec lui, d'échanger, plus qu'au cours de ces dernières années.

Après une dernière caresse à ce pauvre chien, Jean se redressa et reprit le sentier vers la maison. Il ne se retourna pas, cette fois-ci, mais il pouvait sentir le regard du chien dans son dos. Il savait que s'il voyait encore la tristesse dans ses yeux, il flancherait, ce chien le touchait au cœur.

Il demanderait à Céline, si elle avait entendu parler d'un chien perdu. Peut-être que ses maîtres le recherchaient. Il pouvait au moins tenter d'aider cette pauvre bête. L'idée de le laisser ainsi, lui était insupportable. Il hâta le pas tout heureux de faire quelque chose pour ce pauvre chien. Céline l'attendait sur le pas de la porte comme la veille. Jean lui tendit le pain.

Elle le regarda d'un air moqueur, et soupira bruyamment.

- C'est de pire en pire, vous me ramenez des miettes maintenant. Vous jouez au petit Poucet sur le chemin ? Ou alors vous avez un sacré appétit. Vous ne mangiez pas à Paris ?

Elle croisa les bras en le fixant, sans toucher au pain.

Jean qui tenait toujours le morceau de pain à la main le regarda, il se mordit les lèvres en souriant. Flute, il avait presque tout donné au chien.

- Céline dit-il, j'ai rencontré un pauvre berger allemand, tout maigre qui boite, vous le connaissez ? Il appartient à quelqu'un ? Je voudrais l'aider.

- Oh ! Je ne l'ai jamais vu, mais je sais qu'il a été abandonné par un touriste cet été, il est jeune pas plus de deux ans. Personne n'arrive à l'approcher. On dirait qu'il attend quelqu'un, il est craintif. Il n'en a plus pour longtemps si vous voulez mon avis.

- Comment ça ? Demanda Jean en quittant son blouson, et ses chaussures dans l'entrée.

- Le père AUBIN veut lui faire la peau, il a failli l'avoir l'autre jour. Il est persuadé qu'il mange ses poules. Quel crétin ! Il parait que cette pauvre bête est tellement maigre, cela m'étonnerait qu'il ait mangé la moindre poule depuis longtemps. Mais vous savez, le père AUBIN, le jour où le bon Dieu a distribué l'intelligence, il était aux abonnés absents celui-là. Un vrai crétin je vous dis.

Au même instant le tonnerre éclata au- dessus de leur tête et un déluge s'abattit sur la maison. Céline s'approcha de la porte en grimaçant.

- Waouh ! Vous êtes rentrés à temps.

Mais au moment où elle se retourna, elle vit Jean qui remettait ses chaussures, et son blouson.

- Mais, qu'est-ce que vous faites ? Monsieur Jean on fera avec les miettes, ne vous inquiétez pas. Il fait un temps à ne pas mettre un chien dehors.

- Justement Céline, c'est ça le problème. Soyez gentille préparez ce qu'il faut pour soigner un animal, ainsi qu'une couverture chaude, et de quoi le nourrir, je reviens, le plus vite possible.

Céline éberluée, le regarda partir en souriant. Elle leva la tête et s'adressa à son vieil ami disparu.

- Tu vois Augustin ton petit à retrouver sa tête et surtout son cœur. Bon il va falloir que je m'occupe de cette pauvre bête maintenant. Oh ! Tu dois bien rire là-haut. Je ne sais pas ce que tu manigances, mais j'ai idée que tu es derrière tout ça. Ces deux-là étaient faits pour se rencontrer, ils ont besoin l'un de l'autre. Tu n'es qu'un vieux filou manipulateur Augustin, dit-elle en tapant dans ses mains joyeusement.

Elle se dépêcha de rentrer pour préparer de quoi l'accueillir.

Jean courut pratiquement sur tout le chemin le cœur battant, il avait les poumons en feu. Décidément il faudrait qu'il se remette au sport, il s'était rouillé.

Il criait, appelait ce pauvre chien. Pourvu que le père AUBIN ne le trouve pas avant lui. La pluie rendait difficile son avancée. Mais, Jean n'aurait jamais fait un pas en arrière. Il lui semblait que retrouver ce chien était vital, un peu comme se retrouver lui-même. Quel idiot ! Se sermonna-t-il, pourquoi ne pas l'avoir ramené tout à l'heure ?

L'ancien Jean ne se serait jamais attardé sur cette pauvre bête, il avait changé, et il le savait. Il entendit geindre doucement, malgré la pluie et le vent. Il s'enfonça dans les broussailles, il devait le retrouver, maintenant. Pas question d'abandonner, même si le ciel se déversait sur lui.

Il le trouva près d'un buisson. Le chien était couché sur le côté, il tremblait de froid, sa patte saignait et un liquide blanchâtre s'en échappait. Mais son regard s'illumina en voyant Jean. Celui-ci tomba à genoux à côté du chien.

- Excuse-moi mon pote d'avoir été si long à comprendre. Tu sais, je crois que c'est mon gros problème. Il me faut du temps pour comprendre ce qui compte vraiment, ce qui est essentiel, mais je me soigne pour cela. Allez viens !

Il prit délicatement le chien dans ses bras en soufflant.

- Tu es peut-être super-maigre, mais quand même, tu pèses ton poids. Le chien lui fit une grosse léchouille sur la figure comme pour se faire pardonner. Ce qui le fit rire.

Jean était heureux, trempé, mais heureux. Le retour fut difficile, il glissait, tenir un chien aussi grand n'était pas évident, et en plus il devait faire attention à sa patte. Jean se mordit les lèvres. Bon d'accord, il le ramenait à la maison mais après qu'allait-il en faire ? Oh et puis, un pas après l'autre, il verrait bien. Le principal c'était de le mettre à l'abri, de le soigner, et surtout loin du père AUBIN.

Céline beaucoup trop curieuse pour attendre bien au chaud, les attendait emmitouflée dans un châle. Elle s'avança sous la pluie en voyant Jean revenir essoufflé à la maison.

- Mon Dieu, dans quel état est cette pauvre bête, dit-elle en secouant la tête.

Ils se dépêchèrent de rentrer au chaud, Jean allait déposer le chien sur la couverture, mais la voix autoritaire de Céline l'arrêta brusquement.

- Même pas en rêve ! Vous filez tous les deux dans la salle de bains. Vous prenez ensemble une douche bien chaude. De toute façon vous êtes aussi sales et trempés l'un que l'autre. Elle avait croisé ses bras sur sa poitrine.

Jean et le chien se regardèrent, c'est vrai qu'ils étaient dans le même état. Lorsqu'il mit le chien sous la douche, celui-ci regarda inquiet autour de lui. Jean se déshabilla prestement, ne gardant que son caleçon. Il régla le jet d'eau. Que cela faisait du bien. Malheureusement en deux minutes, il fut aussi mouillé que le chien. Celui-ci s'ébrouait, trempant Jean, qui éclatait de rire.

Lorsqu'ils ressortirent de la douche, Céline les attendait avec des serviettes bien chaudes. Jean s'offusqua.

- Mais, enfin Céline j'aurais pu être tout nu.

- Ohlala ! Vous ne seriez pas le premier que je vois, j'ai survécu à la guerre. Elle lui fit un clin d'œil. J'en ai vu d'autres, dit-elle en riant.

Jean se mit à rire. Céline avait le don de le détendre, il se sentait bien avec elle. Et surtout il avait le sentiment d'avoir fait exactement ce qu'il fallait. D'être en accord avec sa conscience et cela faisait tellement de bien, il avait sauvé ce chien. Il sentit une chaleur se diffuser dans sa poitrine, pour une fois pas de douleur, pas d'oppression, juste un sentiment de bien-être.

Jean se mordit quand même les lèvres, qu'allait-il en faire ? C'est bien beau de l'avoir sorti de la rue, mais maintenant ? Ce fut Céline qui interrompit ses pensées.

- Bon maintenant, une bonne gamelle l'attend, et vous un bon café chaud avec de la brioche.

Jean et le chien se mirent presque à gémir de plaisir. Ils suivirent Céline jusqu'à la cuisine. Après un bon repas, Jean regarda la patte de plus près, il la nettoya, la désinfecta. Ce brave chien le laissait faire sans rien dire, il lui faisait entièrement confiance. Jean avait mal au cœur en pensant à tout ce qu'il avait dû endurer, le pauvre. Aucun chien ne méritait cela.

- Je crois que je vais l'emmener chez un vétérinaire, il a besoin de soins c'est urgent et peut-être à t-il des maîtres ? On doit vérifier, c'est alors qu'il remarqua que le chien avait une oreille coupée, infectée aussi, il avait des poils longs tout emmêlés, et n'y avait pas prêté attention.

- C'est une bonne idée, je m'habille, je viens avec vous, dit Céline déterminée.

Jean sourit, Céline avait accepté ce brave chien, tout simplement. Il avait besoin d'aide, elle lui donnait son cœur. C'est cette générosité qui lui plaisait tant, cette simplicité.

Au fond de lui, il espérait qu'on ne retrouverait pas ses maîtres. C'était idiot, cela serait plus simple, mais quelque-chose le titillait au cœur sans savoir ce que c'était. Pourtant il ne voulait surtout pas d'une responsabilité supplémentaire.

Mais l'idée de perdre ce chien lui faisait mal, c'était fou ! Il n'en voulait pas, il ne pouvait pas le ramener sur Paris. Ce chien n'était pas pour lui c'était une évidence, mais alors pourquoi l'idée de le laisser lui faisait si mal ?

Le vétérinaire, un homme très gentil examina avec attention le chien. Celui-ci ne quittait pas des yeux son nouvel ami, comme s'il avait peur de le voir partir sans lui. Son doux regard le fixait intensément.

- Il est jeune, même pas deux ans, dit-il. Il a dû en baver, il est si maigre, attention de le nourrir doucement, ne pas trop donner d'un coup.

Jean et Céline se regardèrent en silence, ils lui avaient donné une sacrée gamelle, mais comment faire ? Cette pauvre bête avait faim. Le vétérinaire continuait de parler.

- Sa patte est bien abimée, il va boiter un moment, surtout il va falloir le ménager. Je vais vous donner le traitement d'antibiotiques et la pommade. Cette pauvre bête a surtout besoin de repos, d'amour et d'attention. Tout ce qui lui a manqué en fait, dit ce brave homme en secouant la tête.

Jean ne voulait pas poser la question, mais il se devait de le faire.

- Il a des maîtres ? On peut les identifier ?

L'homme fit une grimace.

- Je vais vérifier si il a une puce électronique, mais vu ce qu'ils ont fait à son oreille, c'est sûrement justement, pour ne pas être retrouvés. Il mit l'appareil sur le dos du chien. Non il n'y a rien.

- Vous voulez dire qu'ils ont volontairement mutilé cette pauvre bête ? Mais c'est horrible ! Comment peut-on faire cela ?

Jean était profondément écœuré, comment pouvait-on se montrer aussi cruel ?

- Si vous saviez tout ce que je vois, plus rien ne peut m'étonner. Certaines personnes ne méritent pas d'avoir un animal, elles le font souffrir ou bien elles le négligent, c'est terriblement triste. On prend un animal car un chiot ou un chaton c'est mignon, mais quand vient le moment des vacances on le jette comme un vieux kleenex. Je me suis toujours demandé comment ces gens peuvent se regarder dans une glace. Il faut vraiment être un moins que rien, pour infliger une telle souffrance à un animal.

Céline qui caressait le chien encore allongé sur la table, avait les larmes aux yeux.

- Qu'allez-vous en faire ? Vous voulez le mettre dans un refuge ? Demanda le vétérinaire.

Jean fit un signe de négation. Non, il ne pouvait pas laisser ce pauvre chien dans un refuge. Il ne méritait pas cela, après tout ce qu'il avait déjà enduré. Il aurait l'impression de ne pas valoir plus que ses anciens maîtres de lui infliger un traumatisme supplémentaire, mais comment faire ?

- Quel nom je mets sur le dossier ? Demanda le vétérinaire.

Céline regarda Jean en haussant les sourcils, attendant sa réponse. Un grand silence régna. Même le chien semblait attendre sa décision anxieusement.

Jean ouvrit grand la bouche. Un nom ? Il devait lui choisir un nom ? Mais, voulait-il s'engager avec ce chien ? Il le regarda, ce doux regard chocolat le transperça jusqu'au cœur. Non ! Il ne pouvait pas l'abandonner. C'était au-dessus de ses forces, impensable.

Peut-être que ce chien était un signe, celui qu'il attendait. Il prit une grande respiration. De toute façon ils étaient déjà liés, il aimait ce grand chien au regard si doux. Dès leur première rencontre, il le savait, ce chien avait touché son cœur. Il prit une grande respiration, regarda le chien puis dans un grand sourire s'écria :

- Pote, son nom est Pote CAMOIN, il le répéta.

Il n'en revenait pas, le voilà avec un chien lui qui était tout seul depuis si longtemps. Il aurait dû se sentir mortifié, effrayé, mais c'est une joie profonde qui éclatait dans son cœur.

- Pote ! Répéta Céline en souriant, j'adore ce nom, il lui va bien, court et efficace. Alors vous voilà avec un chien. Eh bien ! Monsieur Jean, c'est un grand bouleversement dans votre vie.

Jean fronça les sourcils, son cœur battait comme un fou. Il venait de s'engager avec ce chien, où cela les mèneraient-ils ? Il n'en savait rien, il était sous le choc.

- Parfait, précisa le vétérinaire. Si vous le voulez bien, je vais le pucer électroniquement. Il sera définitivement à vous. On s'occupera des vaccins quand il aura un peu récupéré.

Jean hocha la tête, Pote le regardait avec une petite lumière scintillante dans les yeux. Et voilà ils étaient unis, il avait un chien. Il réfléchirait par la suite comment faire en retournant à Paris, mais ce qu'il savait, c'est qu'il ne l'abandonnerait jamais. Jean avait l'impression d'avoir huit ans, il avait un nouvel ami, il ne serait plus jamais seul, une joie enfantine se répandit en lui, un sentiment de bonheur tout simplement. Il ne pouvait s'empêcher de sourire.

Pour son retour sur Paris, il verrait plus tard, après tout, il pouvait rester ici aussi longtemps qu'il voulait. Dès qu'il envisageait son retour, il ressentait un pincement au cœur, sans comprendre pourquoi. Car après tout c'était convenu ainsi, il se devait de retourner à Paris, « Pour faire quoi ? », lui chuchota encore une petite voix ?

Il acheta chez le vétérinaire un collier, qu'il s'empressa de mettre autour du cou du chien. Il était d'un rouge éclatant, mais ce qui lui fit mal, ce fut de voir presque des larmes dans les yeux du chien, comme s'il avait compris, qu'il avait enfin un maître, une maison. Il y avait tellement de reconnaissance dans ce regard, qu'il sentit ses yeux s'embuer. Il pencha la tête embrassa la truffe de son chien, en lui parlant doucement, il le caressa, et il lui sembla entendre comme un gros soupir de la part de Pote. Peut-être que lui aussi sentait que son calvaire venait de prendre fin.

Mettre un collier à un chien abandonné est plein de symboles, un acte qui engage, et tous deux semblaient en connaître toute l'importance. C'était un contrat d'amour, un engagement entre eux deux. Pote semblait si reconnaissant. Il couvait Jean d'un regard d'amour, sincère, pur, total.

Le retour se fit dans la joie, comme si chacun était heureux de ce dénouement.

CHAPITRE 3

Pote apprécia son nouveau panier déposé près de la cheminée. Jean crut même l'entendre soupirer de plaisir. Il s'assit dans le fauteuil de son père et regarda son nouvel ami.

- Je me demande ce qui m'a pris, mais ne t'inquiète pas Pote je ne te quitterai jamais. Oh ! Et ne me regarde pas avec tes yeux langoureux. Oui c'est de la folie que de t'avoir gardé, ma vie à Paris n'est pas faite pour toi.

Jean poussa un gros soupir.

- Le problème Pote c'est que je suis en train de me demander si cette vie à Paris est aussi faite pour moi. Qu'en penses-tu ? Pour la première fois de ma vie, je me sens perdu, comme toi il y a encore quelques heures. Cela fait sûrement de moi le maître le plus irresponsable qu'on puisse trouver. Mais, je te promets que toi et moi c'est pour toujours, quoi que je décide, nous resterons ensemble.

Le chien le regardait, l'écoutait attentivement, il se redressa péniblement et posa une patte sur son genou. Jean éclata de rire.

Céline qui était juste à côté de la porte n'avait pas perdu une miette de ce monologue et leva les pouces, en envoyant un baiser vers le ciel. Elle avait un grand sourire épanoui sur le visage.

- Je suis certaine que c'est toi Augustin qui a mis ce chien sur sa route chuchota Céline. Si tu veux mon avis, c'est exactement ce dont ton petit avait besoin. Tu as toujours été si malin. Pote va lui réapprendre à aimer, à exprimer ses sentiments. Il garde trop de choses en lui ce petit, cela aurait fini par le rendre malade. Tu es un sacré filou Augustin. Je te reconnais bien-là.

Elle s'éloigna toute heureuse vers sa cuisine.

Jean s'occupa toute la soirée de son nouvel ami. Ils sortirent à la nuit tombée sur la terrasse, pour que Pote découvre la propriété sans trop s'éloigner. Jean s'assit sur une marche et regarda le ciel. Il était pur, limpide, on voyait les étoiles au firmament. Pote vint s'asseoir à ses côtés en se collant contre son épaule.

- Eh ! Tu vas m'écraser, dit-il en riant. Il lui caressa la tête. Tu es content Pote hein ! Tu as enfin une maison bien à toi, et le principal tu es aimé. Oh ! J'ai bien vu Céline au repas te donner des morceaux de fromage.

Pote semblait l'écouter tournant la tête de temps en temps en le regardant. Il posa même sa patte sur l'avant-bras de Jean ce qui l'émut profondément.

- Tu sais à Paris il faudra faire attention, si on me voit te parler comme ça, c'est certain ils m'interneront, dit-il en souriant.

Jean s'étonna lui-même depuis son retour et surtout depuis sa rencontre avec Pote, il n'arrêtait pas de sourire et de rire. Il ne se reconnaissait plus, lui l'homme d'affaires si sérieux, si intransigeant. Il était détendu et se sentait si bien.

Jean avait vendu son entreprise sur les recommandations de son médecin, il était au bord de la crise cardiaque, trop stressé, épuisé par une vie consacrée au travail. Il avait alors pris conscience de l'inutilité d'une telle vie. Il travaillait comme un fou pour qui ? Pour quoi ? Son fils ne reprendrait jamais son entreprise. Il avait compris que c'était un combat inutile. Il avait donc vendu son entreprise, de toute façon, il n'avait plus le feu sacré, l'envie de gagner toujours plus l'avait déserté.   Mais sa vie lui avait semblé encore plus vide de sens, c'était terrible de se sentir ainsi perdu dans sa propre existence, d'être au bord du gouffre, de le savoir d'en avoir conscience, mais de ne pas savoir que faire pour s'en sortir.

Jean soupira, longuement, il avait l'impression d'avoir déjà changé, l'air de la Provence de la bastide, lui avait fait prendre conscience de beaucoup de choses.

Au moment de se coucher il caressa longuement Pote, puis monta dans sa chambre. Il avait le sentiment d'avoir fait ce qu'il fallait et il se sentait heureux pour la première fois depuis bien longtemps. Même si lui n'avait pas su résoudre ses propres problèmes, aujourd'hui, il avait sauvé la vie d'un chien. Il ne put s'empêcher de sourire en faisant cette constatation, il était fier de lui et surtout heureux d'avoir un chien dans sa vie.

Au petit matin, ce fut un gémissement, le sentiment d'une présence qui réveilla Jean. Lui, qui avait l'habitude de dormir seul depuis si longtemps, il se redressa brusquement.

Pote dormait sur le dos à ses côtés. Il voulut le disputer, mais il se mit à rire, après tout était-ce si grave ? Bien sûr que non. Son nouvel ami redressa la tête et lui lécha la main. Pote avait délaissé son panier, pour venir à ses côtés. Il aurait dû le gronder, mais dans le fond, il avait besoin peut-être de se rassurer de se dire qu'il n'avait pas rêvé, il avait bien un maître, une maison à lui. Alors Jean le caressa de nouveau, heureux comme un gosse.

Il descendit tout joyeux avec Pote sur ses talons, tous deux attirés par les bonnes odeurs venant de la cuisine.

- Ah ! Je me demandais bien, où il était passé celui-là, dit Céline en caressant affectueusement la tête de Pote. Tiens mon grand, voici une bonne gamelle pour toi.

- Le vétérinaire nous a dit de faire attention quand même, précisa Jean en voyant la gamelle déborder.

- Ohlala ! Cette pauvre bête peut bien faire quelques écarts. On fera plus attention après, c'est tout. Il est tellement maigre qu'il me fait pitié, je ne supporte pas de voir ses côtes saillir. Le pauvre, il mérite d'être câliné.

Elle poussa un long soupir en secouant la tête.

- Et puis, il en va de ma réputation. Je suis bonne cuisinière, que dira-t-on de moi en voyant ce chien si maigre ? Que je ne suis même pas capable de le nourrir ? Ah ! Ça non alors.

Jean sourit, Céline avait un grand cœur, Pote ne pouvait pas mieux tomber. Il décida qu'aujourd'hui il explorerait la propriété, elle était si vaste. Il regarderait les oliviers qui étaient plus que centenaires, puis il irait vers l'amoncellement de rochers qui se trouvait à l'arrière de la demeure.

Lorsqu'il était enfant il adorait vadrouiller dans la nature, et ce qui le fit sourire, c'est que maintenant, il avait un nouvel ami, avec qui partager le plaisir de marcher. Bon, il ferait quand même attention, il fallait ménager Pote.

Celui-ci ne le quittait pas d'une semelle, comme s'il craignait de perdre son nouveau maître. Jean n'avait pas l'habitude des chiens, et sentir cette douce présence à ses côtés lui réchauffait le cœur. Il sentait tant d'amour dans ce chien. Comment avait-on pu abandonner un animal aussi gentil ? Les gens n'ont vraiment pas de cœur. De temps en temps, il s'arrêtait pour le caresser, lui parler.

- Si on me voyait, dit-il en secouant la tête, on me croirait sûrement fou. Moi, parler à un chien ? Franchement Pote tu me changes, mais avec toi je me sens tellement bien, on s'en fout de l'avis des autres n'est-ce pas ?

Pote sauta joyeusement à ses côtés. En vingt-quatre heures ce chien s'était déjà métamorphosé, c'est incroyable, ce qu'un peu d'amour peut faire comme miracle. Pourtant il n'avait pas l'habitude des chiens, mais avec Pote c'était une évidence, tout paraissait plus simple. Ils se comprenaient d'un regard.

Les journées passèrent doucement ainsi. Jean évaluait les travaux à faire, en vue de la revente de la bastide. Il y avait à côté de la maison une grange délabrée qui datait depuis plus de cent cinquante ans. Il avait envie de la restaurer, mais le travail serait colossal. Pourtant il pourrait faire quelque-chose de magnifique, il imaginait déjà un immense studio avec des baies vitrées donnant sur les oliviers et la colline. Jean secoua la tête, cela serait idiot, de se lancer dans de gros travaux.

Chaque fois qu'il pensait à la vente de la maison, il avait un pincement au cœur. D'ailleurs, il n'avait toujours pas pris contact avec une agence, il n'en avait tout simplement pas envie. Il ne voulait pas commettre une erreur et avoir des regrets. Quelque-chose l'en empêchait, il remettait toujours au lendemain.

Après tout, rien ne pressait. Il pouvait rester en vacances un peu plus longtemps, personne ne l'attendait à Paris.

Pote reprenait plus de forces chaque jour. Ils allaient tous les matins ensemble chercher le pain au village. Ils étaient devenus inséparables. Ce jour-là, Pote s'arrêta sur le monticule rocheux qui offrait une vue imprenable sur le village.

Jean s'arrêta étonné, c'est là, qu'il aimait parler à son père. Il s'approcha, caressa la tête du chien, comment ce chien pouvait avoir deviné cela ? Il commença comme à son habitude un monologue avec son père.

- Papa, je sais que tu n'aimerais pas que je vende cette maison, toi qui étais si attaché à nos racines, mais, j'ai une vie à Paris. J'aimerais ne plus te décevoir, j'ai perdu trop de temps, j'ai l'impression d'avoir tout gâché, d'être un handicapé des sentiments, incapable de communiquer avec les autres, de les comprendre.

À ce moment-là Pote poussa sa truffe dans la main de Jean.

- Avec Pote c'est facile, j'ai l'impression de l'avoir toujours connu et aimé. Comme si notre rencontre était une évidence. Mais, regarde le gâchis, avec toi et Thomas. Jean crut encore entendre dans le souffle du vent la même phrase « Il n'est jamais trop tard ».

Il recula troublé, puis, regarda Pote qui le fixait d'un regard intense. Il reprit son chemin vers la demeure, plus ému que jamais.

Pourquoi avait-il l'impression d'entendre toujours cette petite phrase ? Peut-être le fruit de son imagination, de sa conscience qui le taraudait, il secoua la tête troublé par cette idée.

Céline accueillit Pote avec une friandise, comme elle en avait pris l'habitude. Ce chien était devenu le bébé de la maison, mais il était si gentil qu'il méritait bien toutes ces attentions.

- Au fait, Monsieur Jean, Noël approche, vous serez encore-là j'espère ?

Elle le regardait avec une anxiété dans le regard.

- Voyez-vous je me suis habituée à vous, et j'aimerais tellement profiter de votre présence à vous et à Pote. Maintenant, je comprendrais, vous avez sûrement prévu des choses à Paris pour les fêtes, murmura-t-elle tristement.

Jean la regarda attentivement, déjà Noël ! Il n'avait pas réalisé que les fêtes approchaient à grands pas. Il s'était passé tellement d'évènements dans sa vie ces derniers temps. Mais, il avait perçu la peine dans la voix de Céline.

En fait, il ne faisait plus le réveillon depuis des années. Il se contentait d'envoyer un chèque à Thomas, celui-ci ne venant jamais le voir, et son menu ne différait pas des autres jours de la semaine.

Mais, ici en Provence, il en avait vécu des beaux réveillons en famille, la tradition était vivace, c'était une grande fête. Il prit Céline dans ses bras pour la réconforter. Lui aussi avait envie de passer les fêtes avec elle. Il s'était attaché à elle, à sa douceur. Il avait l'impression d'avoir de nouveau une famille et cela grâce à elle et Pote.

- Nous resterons pour les fêtes Pote et moi, et après nous verrons, dit-il en souriant. Mais nous aurons des courses à faire, vous avez raison Noël se prépare à l'avance, merci Céline de me le rappeler.

Il sortit de la cuisine son chien sur les talons, et comme d'habitude, Céline envoya un baiser vers le ciel.

- Tu vois Augustin dit-elle en chuchotant, ton petit change. Cette terre le retient, elle l'appelle. Ne t'inquiète pas, je m'occupe bien de lui.

Jean était en train de bricoler dans la vieille grange, la voir aussi délabrée lui faisait mal au cœur. Mais, la raison imposait de ne pas entreprendre de gros travaux, juste la remettre en état, pour ne pas qu'il y ait des accidents. Il soulevait un tas de planches, quand il entendit Céline l'appeler. Il passa la tête par la porte et aperçut un homme petit et rondouillard devant la porte. Il fut étonné que Céline ne le fasse pas rentrer, sa voix sèche aussi l'avait surpris, elle qui était si accueillante d'habitude. Il s'avança donc rapidement.

- Monsieur Jean, je vous présente le père AUBIN dit-elle en pinçant les lèvres.

Le fameux père AUBIN celui qui avait voulu tuer Pote. Jean baissa les yeux vers son ami, celui-ci semblait effrayé. Il sentit monter une colère en lui, qu'il ne se connaissait pas.

- Que puis-je pour vous ? Dit-il assez sèchement, en serrant la main molle de cet homme si antipathique.

- Ah ! On me l'avait dit au village c'est vous qui avez récupéré cette charogne ? Je vous préviens si …

L'homme ne put en dire plus, Jean beaucoup plus grand, se pencha vers son interlocuteur, très près avec un air si menaçant, que celui-ci recula, surpris et effrayé.

- Moi aussi, j'ai entendu parler de vous, de vos agissements. Alors on va jouer franc jeu dit-il en pointant son index sur le torse du père AUBIN. Si il arrive quoi que ce soit, et je dis bien quoi que ce soit, à mon chien, ou à n'importe quel autre animal errant. Ne soyez pas étonné que je me mette moi aussi à la chasse. Je fais plutôt dans le gros gibier, si vous voyez ce que je veux dire ? Et, je ne rate jamais ma cible, c'est clair ?

L'homme tremblait, la bouche grande ouverte. Céline pouffait dans sa main derrière lui.

- Vous me menacez ? C'est ça vous me menacez ? Reprit le père AUBIN tout rouge de colère. Comment osez-vous ?

- Je vous informe c'est tout, vous savez ce qu'on dit, un homme averti en vaut deux. Jean lui offrit son plus beau sourire, mais ses yeux restaient d'un gris glacial, et le père AUBIN ne s'y trompa pas.

L'homme toussota pour se ressaisir, il prit une grande respiration.

- Je suis venu vous voir, pour une autre raison. Si vous me laissiez entrer, je pourrais vous l'expliquer. L'homme avait l'air de jauger ce qu'il apercevait de la bastide, et cela déplut fortement à Jean.

- Moi je trouve qu'on est très bien ici. Alors faites vite, j'ai du travail, et Jean fit mine de vouloir s'en aller.

- Attendez, s'écria le père AUBIN, je voudrais racheter la bastide. Nous sommes voisins par l'extrémité Sud du terrain, et j'ai besoin d'agrandir mes terres. Vous n'aimez pas cette région, vous vivez sur Paris. Votre vie est là-bas, rien ne vous retient ici. Je suis certain qu'on peut s'entendre sur un bon prix.

Jean s'arrêta brusquement, Céline le fixait attendant anxieusement sa réponse, elle semblait retenir sa respiration.

Il regarda le père AUBIN. Imaginer cet homme détruire ce que des générations de CAMOIN avaient construit, lui fit monter la nausée. Visualiser, cet homme dans sa demeure, fut comme un électrochoc.

Jean prit conscience, que cette maison, cette terre était une partie de lui. Il l'avait de chevillée au corps, au cœur et il n'en avait pas eu conscience. Il baissa les yeux sur Pote, qui semblait aussi attendre sa réponse.

Il fit demi-tour, planta ses mains sur ses hanches, les jambes légèrement écartées. Comment avait-il pu se mentir tout ce temps ? Il savait au plus profond de son cœur ce qu'il devait faire, il le savait en fait depuis toujours.

- C'est une erreur, vous vous trompez père AUBIN, il ne faut pas croire tout ce qu'on entend répondit-il tranquillement. Voyez-vous, cette demeure appartient aux CAMOIN depuis des générations et ce n'est pas près de finir. Mais, si vous désirez vendre à votre tour, sachez que je suis intéressé. J'aime l'espace. C'est ma maison, et je ne la quitterai pas, jamais. En prononçant ces mots, Jean eut l'impression qu'on lui enlevait un poids énorme des épaules. Peut-être, devrait-il remercier le père AUBIN. Il avait toujours eu la réponse en lui, mais n'arrivait pas à l'exprimer.

Céline se jeta dans ses bras en pleurant de soulagement, et il éclata de rire, devant un père AUBIN ahuri, qui se grattait la tête. L'homme repartit, en bougonnant, que tous ces parisiens étaient complètements fous.

- J'en étais sûre, s'écria Céline, Augustin serait tellement content. Je suis sûre que de là-haut il doit jubiler. Elle se pencha en arrière et envoya un baiser vers le ciel.

Même Pote se mit à aboyer joyeusement.

Depuis ce jour l'atmosphère s'allégea. Jean avait pris la bonne décision. Il avait l'impression depuis son retour, qu'il était enfin en phase avec lui-même. Il avait l'impression d'entendre cette petite voix sur un ton plus joyeux qui lui disait « tu vois il n'est jamais trop tard ».

C'est vrai, il avait mis du temps, mais maintenant il savait qu'il avait fait ce qu'il fallait, fini les tourments qui l'habitaient, il était libéré d'un grand poids. Il était en accord avec son cœur et il en avait conscience.

Il descendit vers la cuisine, appela Pote celui-ci avait brusquement disparu, et Jean s'inquiéta. Oh ! Pas pour le père

AUBIN, il savait que l'homme avait bien compris qu'il ne fallait plus embêter Pote. Mais, d'habitude Pote ne le quittait jamais. Cette absence n'était pas normale. Il fronça les sourcils.

- Il n'est pas revenu Céline ? Demanda Jean pour la énième fois.

Céline s'essuya les mains sur son tablier, elle aussi était inquiète ce chien était devenu son bébé.

- Non et cela ne lui ressemble pas, il ne vous quitte jamais d'habitude. Où peut-il donc être ?

Ils entendirent au même moment un léger grattement sur la porte. Ils se précipitèrent, dès que la porte fut ouverte Pote se dirigea prestement vers son panier, il déposa quelque-chose, et se coucha pratiquement dessus. Céline et Jean s'approchèrent intrigués. Jean se pencha et repoussa doucement la patte de Pote pour voir ce que c'était.

- Ça par exemple, mais qu''est-ce que c'est que ça ? Jean resta figé de surprise.

Céline penchée par-dessus son épaule, poussa un petit cri d'étonnement, puis éclata de rire.

- Ce n'est pas drôle Céline, qu'est-ce qu'on va faire ? Dit-il en fronçant les sourcils.

Il regarda de nouveau ce qui se trouvait entre les pattes de Pote. C'était un minuscule chaton tout noir. Jean le prit délicatement dans ses mains.

- Encore un qui a l'air d'avoir sacrément faim, et puis il n'est pas bien vieux, je pense qu'il n'a pas plus d'un mois. Dis donc Pote où l'as-tu donc trouvé ?

Pote le regardait fixement, Céline souriait.

- Décidément, pour une surprise c'en est une. Qu'allons-nous en faire ? Demanda Céline qui en même temps se saisit d'un châle pour le réchauffer.

Jean soupira, dire qu'à Paris depuis sa retraite, il trouvait sa vie morne. Ici Il allait de surprise en surprise, et le pire c'est qu'il aimait cela. Il se sentait vivant, enfin lui-même. Il aimait cette vie, Céline et Pote, et voilà que cette petite chose trempée et sale entrait dans sa vie. Il aurait dû maudire Pote, mais sans savoir pourquoi il se sentait heureux de la tournure des évènements.

- Première chose, direction le vétérinaire, on ne peut pas le laisser ainsi.

Ils repartirent donc chez le vétérinaire, Céline, Pote, le chaton et lui-même. Ils furent accueillis avec un grand sourire. Il prodigua les soins nécessaires, c'était un chaton mâle, et comme la dernière fois, le vétérinaire demanda à Jean le nom de l'animal.

Céline pouffa de rire, Pote le regardait avec attention, et Jean avait encore la bouche ouverte. Un animal de plus ?

Si on lui avait dit un mois auparavant qu'il serait le maître de deux animaux, il en aurait bien ri. Il soupira, un nom ? Mais, quel nom ?

Même le chaton le regardait de ses grands yeux tristes, attendant lui aussi sa réponse. Puis lui revint en tête le Provençal, que sa grand-mère lui enseignait.

- Moùrou, c'est ça Moùrou, cela veut dire noir en Provençal confirma Jean en souriant.

Céline opina de la tête

- C'est mignon cela lui va bien.

Ils achetèrent tout le nécessaire pour prendre bien soin de lui. De retour à la maison, Céline s'empressa de lui faire un petit panier, bien chaud au coin de la cheminée près de celui de Pote. Mais, le chaton semblait en avoir décidé autrement, il quitta son panier, pour se lover contre son nouvel ami, Pote.

Jean heureux s'installa dans le fauteuil de son père pour regarder le nouveau membre de sa famille. Il fronça les sourcils, oui c'était bien sa famille, atypique, étrange, mais pleine d'amour.

Il avait l'impression que la bastide attirait toutes les âmes perdues, esseulées. Elle offrait une nouvelle chance, une nouvelle vie, comme pour lui, cela le fit sourire. Dans Le fond à son arrivée, il était bien comme Pote et Moùrou.

CHAPITRE 4

Lorsqu'ils se couchèrent, Jean entendit le chaton miauler dans le salon. Pote qui dormait au pied de son lit, ne cessait de gémir.

- Cela suffit Pote. Moùrou, a tout ce qu'il faut en bas, laisse le miauler.

Mais celui-ci, se leva subitement et dévala les escaliers, Jean se redressa dans son lit étonné, que se passait-il encore ? En voyant Pote revenir, tenant le chaton dans sa gueule, il éclata de rire.

- Non, mais je rêve, c'est un lit Pote, mon lit !

Le chien le regarda avec un air si miséreux, que Jean tapota le lit doucement.

- Bon, allez, viens Pote, mais je vous préviens, si je vous entends, vous redescendez tous les deux dans le salon.

Pote se mit en boule au pied du lit, le chaton se lova contre lui. Jean secoua la tête, décidément sa vie lui échappait totalement et dans le fond, il n'avait pas été aussi heureux depuis bien longtemps.

Le lendemain matin, ce fut les miaulements du chaton qui le réveillèrent. Céline les attendait au pied des escaliers, Pote portait son nouvel ami dans sa gueule.

- Ah ! Je me disais bien, que vous deviez tous être ensemble. Une vraie petite famille.

Jean s'arrêta interloqué au milieu des escaliers. Une famille ? C'est vrai qu'avec l'arrivée de Pote et de Moùrou, il avait l'impression d'avoir de nouveau une vraie famille, il y avait déjà pensé la veille. Mais, il aurait tellement aimé que Thomas soit là avec eux, qu'il eut un pincement au cœur.

- Bien le bonjour Céline, oui le destin est parfois surprenant.

- Vous savez Monsieur Jean je me demandais, et si il y avait d'autres chatons ?

- Comment ça ? Demanda Jean en fronçant les sourcils.

- Enfin c'est curieux un chaton tout seul. Il vient d'où ? Et s'il y avait une portée quelque part, perdue dans la nature.

Jean n'y avait pas pensé, décidément cette brave Céline avait de la jugeote.

- Bon sang ! Je vais aller faire un tour avec Pote après le petit-déjeuner. Vous pourrez vous occuper de nourrir Moùrou ?

Céline le prit aussitôt dans ses bras pour le câliner.

- Ne vous inquiétez pas, je ne vais pas le quitter des yeux, il est tellement mignon.

Jean et Pote repartirent sur le sentier.

- Allez Pote, dis-moi où tu l'as trouvé ce chaton ? Jean regardait avec espoir son chien, persuadé qu'il comprenait tout.

Mais, celui-ci semblait être d'humeur vagabonde, reniflant les herbes, courant dans les broussailles.

- Pote je sens qu'on va y passer la journée, bouge-toi mon vieux, dit-il en fronçant les sourcils, le froid devenait mordant.

Jean avait pris une grosse doudoune et un bonnet bien épais, mais malgré cela, il sentait la morsure du froid, et le ciel noir n'avait rien d'encourageant.

Tout à coup Pote redressa les oreilles et se mit à courir. Jean le suivit du mieux qu'il put. Il arriva tout essoufflé, près d'un gros tuyau, une ancienne canalisation sûrement. Il allait tirer Pote par le collier, quand il entendit un faible miaulement. Il se pencha dans le trou. Il aperçut au fond une ombre bouger. Flute ! Elle était trop loin pour qu'il puisse l'attraper. Il se coucha au sol, essaya de l'appeler doucement, mais rien à faire, il manquait quelques centimètres, le pauvre chaton effrayé miaulait de plus en plus fort. Il jura de rage, au même moment il reçut un coup violent à la tête.

- Espèce d'assassin, laissez ce pauvre chaton tranquille, sinon vous aurez à faire à moi.

Jean se redressa brusquement, stupéfié par cette attaque. Il se trouva face à une femme d'environ quarante ans, une jolie brune dont le regard flamboyait de rage. Elle le menaçait de son parapluie qu'elle tenait toujours au-dessus de sa tête.

- Mais, vous êtes folle ! Qu'est-ce qui vous prend ? J'essaye de sauver ce chaton. Il est coincé au fond de la canalisation.

La femme parut gênée, elle se mordit les lèvres d'un air penaud.

- Je suis désolée, j'ai cru que vous vouliez lui faire du mal.

Jean la détailla de la tête au pied, son regard lui rappelait quelqu'un, mais qui ? De toute façon il n'avait pas le temps de s'attarder, il fallait sortir au plus vite ce chaton. Il se recula, pour faire de la place à cette inconnue qui se pencha à son tour dans la canalisation.

- Mince, le pauvre il est bien trop loin, comment allons-nous faire ? Demanda-t-elle en le fixant de ses grands yeux bleus.

Jean vit au même moment avec quoi elle l'avait frappé, un immense parapluie.

- J'ai une idée, prêtez-moi ce parapluie, il va servir à autre chose que de frapper des innocents.

Elle fronça les sourcils et croisa les bras d'un air déterminé.

- Je me suis déjà excusée. De dos, penché sur ce trou, je vous ai pris pour le père AUBIN, il a la réputation de ne pas être tendre avec les animaux.

Jean était offusqué. Qu'on puisse le prendre pour cette ordure, le dégoûtait au plus haut point.

- Mais, enfin, je suis plus grand, plus jeune, vous exagérez. La prochaine fois vérifiez avant de frapper.

- Bon d'accord, mais couché par terre, c'était difficile de juger. Il fallait agir.

Jean ronchonna, et lui prit le parapluie des mains, il se servit du bout pour attirer le chaton vers lui. Celui-ci terrorisé essaya de s'échapper vers le fond. L'inconnue penchée sur lui, écrasait son épaule, et lui criait dans les oreilles.

- C'est bon, vous allez l'avoir ! Allez encore un peu, c'est ça.

- AÏE ! Vous êtes en train de me démolir mon épaule, et je vais sûrement être sourd pour un bon moment.

- Ouhlala ! Ce que vous êtes râleur, dit l'inconnue en se reculant légèrement.

Jean réussit à mettre enfin la main sur le chaton, et le sortit de ce trou, tout heureux. L'inconnue le lui arracha immédiatement des mains. Elle l'enroula dans son écharpe, pour le protéger du froid.

- Le pauvre, il est vraiment petit, mais qu'est-ce qu'il est mignon.

Jean le regarda plus attentivement, un petit chaton rouquin avec des yeux bleus, il était très sale, grelottant, mais vivant. Il sourit, encore une belle action dont il était fier. Il releva la tête vers l'inconnue. Puis il tendit la main.

- Et si on faisait les choses dans l'ordre cette fois-ci. Je me présente Jean CAMOIN.

L'inconnue éclata de rire, et lui tendit sa main à son tour.

- Je suis Émeline DAUDET, la fille de Céline. Je viens d'arriver pour passer les fêtes avec ma mère.

- Mais, pourquoi passer par le sentier, vous n'avez pas de voiture ? C'est plus simple par la route.

- Non, le car m'a déposée au village et à pied c'est plus court par-là.

Ils remontèrent vers le sentier et Jean aperçut deux énormes valises.

- Quelques jours ? Demanda-t-il en s'emparant des poignées. J'ai l'impression que vous déménagez.

La femme sourit tendrement. Et Jean comprit à qui cette femme lui avait fait penser, depuis le début. Elle ressemblait beaucoup à sa mère, le même regard franc et doux. Du moins quand elle ne le prenait pas pour un tueur de chats.

- Attendez ! Elle est où la mère du chaton ? Demanda-t-elle, en s'arrêtant brusquement.

- En fait des chatons, précisa-t-il en grimaçant, nous en avons déjà trouvé un hier.

- Alors, il faut chercher, elle ne doit pas être bien loin. D'abord je vais revérifier avec la lampe de mon téléphone s'il n'y a plus rien dans la canalisation. On doit chercher aussi d'autres chatons, on ne doit pas en oublier un.

- D'autres chatons ? S'écria Jean en grimaçant, mais qu'est-ce que je vais en faire ?

Il se voyait déjà envahl de chatons. Mais, pas question d'en laisser un dehors, il s'en voudrait trop.

Jean et Émeline, cherchèrent dans les broussailles aux alentours, Pote les suivaient en reniflant. Puis comme la dernière fois, il partit vers un amas touffu. Ce qu'il découvrit en arrivant le premier, lui remua le cœur. Une chatte maigre et apeurée avait une patte coincée dans un piège. Sûrement encore un coup du père AUBIN. Émeline qui venait d'arriver à son tour, poussa un cri horrifié.

- Je crois qu'on est arrivé à temps, dit Jean en dégageant cette pauvre bête dont la patte pendait, sanguinolente. Elle était si faible qu'elle ne se débattait même pas.

- La pauvre, sa patte est cassée. Nous devons rapidement aller voir un vétérinaire.

Jean lui mit la pauvre chatte dans les bras.

- Attendez, j'ai d'abord quelque-chose à faire.

Il prit le piège qu'il fracassa contre un arbre.

- Voilà, cela lui apprendra à faire du mal. Ce piège ne servira plus, dit-il en essuyant ses mains sur son pantalon.

Il mit le chaton bien au chaud dans sa poche, et prit les deux valises. Le chemin du retour fut pénible. Une averse violente s'abattit sur eux.

- Dépêchez-vous lui criait ÉMELINE, nous n'avons pas de temps à perdre.

- Dépêchez-vous ! Dépêchez-vous ! J'aimerais bien vous y voir. J'ai l'impression de traîner deux menhirs. Vous ne connaissez pas l'expression « voyager léger ».

Émeline éclata de rire.

- C'est vrai, je suis désolée, mais voyez-vous c'est que je suis inquiète pour ces deux pauvres bêtes.

Jean reconnaissait bien-là le grand cœur de Céline. Comment lui en vouloir ? Lorsqu'ils arrivèrent à la bastide, Céline se précipita, toute heureuse de voir sa fille.

- Vous avez fait connaissance avec ma fille je vois.

- Je dirai même une rencontre percutante, si vous voulez vraiment savoir Céline, dit-il en se touchant la tête.

- Qu'est-ce qu'il veut dire par-là ? Demanda Céline en regardant sa fille.

Celle-ci pinça les lèvres en souriant.

- Oh ! Tu sais maman ces parisiens, faut toujours qu'ils en rajoutent.

Jean éclata de rire, devant une Céline ébahie.

Ils se dirigèrent tous dans la cuisine, les deux femmes discutèrent tout en nettoyant ces pauvres bêtes. La chatte était heureuse de revoir ses petits. C'était une image touchante qui valait bien tous les efforts qu'ils avaient fournis.

Ils partirent donc de nouveau chez le vétérinaire. Céline resta avec Pote et Moùrou, et Émeline et Jean se chargèrent du chaton et de la maman.

Le vétérinaire, fronça les sourcils gentiment en le reconnaissant.

- Dites-moi, Monsieur CAMOIN, vous ouvrez un refuge ?

- Ne le dites pas en rigolant répliqua Jean. Je me demande ce que l'avenir me réserve. Depuis mon retour, j'ai l'impression de créer l'arche de Noé.

Tout le monde se mit à rire. La pauvre chatte avait bien la patte cassée. Pendant que le vétérinaire la soignait. Émeline et Jean allèrent prendre un café dans la salle d'attente.

- Ma mère m'a dit au téléphone hier que vous aviez décidé de rester, c'est vrai ?

Jean soupira. Il n'était pas habitué à discuter de sa vie privée, de ses choix avec des inconnus, mais depuis son retour de toute façon toutes ses certitudes, ses habitudes volaient en éclats.

- Il semblerait. De toute façon avec ma nombreuse famille dit-il en mimant des guillemets c'est plus simple.

- Bravo ! Augustin serait fier de vous j'en suis sûre. Il vous aimait tellement. Il n'attendait que ça, votre retour. Et pour ma mère c'est important aussi, elle est si attachée à cette bastide.

Jean hocha la tête tristement.

- Oui, mais je regrette tellement de choses. Pour m'excuser auprès de mon père, c'est trop tard, malheureusement.

Émeline posa sa main sur son bras.

- Il n'est jamais trop tard, pour faire les bons choix.

Jean la regarda intensément, cette petite phrase, c'était celle qu'il entendait sur le monticule rocheux, quand il parlait à son père. Comme c'était étrange qu'elle utilise les mêmes mots.

- Vous êtes bien la fille de votre mère, dit-il avec un petit sourire en coin. Vous n'y allez pas par quatre chemins. Vous dites ce que vous pensez.

Émeline sourit tendrement, et secoua son index devant son visage, d'un air faussement menaçant.

- Ne dites jamais à une femme qu'elle ressemble à sa mère, en général personne n'aime cela. Mais, je reconnais que vous avez raison on se ressemble beaucoup. Alors méfiez-vous si ma mère prend un parapluie, dit-elle en se penchant vers lui.

Jean pouffa de rire en imaginant Céline armée d'un parapluie.

Au même moment le vétérinaire les rappela, il lui posa encore une fois la même question, le chaton était une petite femelle. Mais, Jean ne s'y habituerait décidément pas, il soupira longuement. Deux noms ! Il lui fallait deux noms ! Il réfléchit tout en regardant Émeline.

- Qu'en dites-vous Émeline, pour le petit roux Autouno, cela veut dire automne en Provençal et pour la maman qui est grise, je pensais à Aurige, cela signifie …

- Orage, le coupa Émeline en souriant. C'est parfait, j'adore.

Ils se sourirent, tout heureux de cette complicité. Mais, ce fut les propos du vétérinaire qui le ramenèrent à la réalité. L'homme lui souriait gentiment.

- Je vous revois demain Monsieur CAMOIN avec une nouvelle découverte ?

- Oh bon sang ! Ne me portez pas malheur. Ma famille s'est suffisamment agrandie comme ça.

Ils éclatèrent tous de rire. Le vétérinaire lui tapota l'épaule.

- Vous savez, on dit que dans la vie, il n'y a pas de hasard. Qu'un animal y entre lorsque l'on en a besoin, pour une raison bien précise.

Jean dévisagea avec attention, le vétérinaire. Et s'il avait raison ? Si tous ces animaux étaient entrés dans sa vie, au moment où il se sentait si seul, où il avait l'impression d'être complètement perdu ? Il repartit, troublé par cette révélation.

Le retour se fit en silence, Émeline câlinait le chaton, pendant que la maman dormait dans sa cage. Jean lui, ne cessait de penser aux dernières paroles du vétérinaire.

C'est vrai que Pote l'avait aidé à prendre sa décision, inconsciemment cette rencontre avait tout changé. Jean ne s'en était pas rendu compte. C'est seulement en entendant le père AUBIN, qu'il avait compris que sa décision était déjà prise, il ne faisait que se mentir à lui-même, en niant l'évidence, son cœur appartenait à la bastide.

Au fond de lui, il avait toujours su qu'en revenant ici, il serait confronté à son passé. Il grimaça, c'était peut-être pour cela qu'il n'osait pas revenir. On a parfois toutes les pièces du puzzle de notre vie en nous. Mais, pour différentes raisons on n'arrive pas à les mettre en place. Et, il suffit d'un évènement, pour que tout paraisse alors évident.

La réponse était là depuis toujours, bien enfouie au plus profond de son cœur. Le plus incroyable c'est qu'à partir du moment où l'on écoute son cœur, on ressent enfin une grande paix intérieure. Comme si on était enfin apaisé, le conflit qui opposait le cœur et l'esprit disparaissait.

Jean prit une grande respiration et regarda avec tendresse Émeline. Oui la vie lui offrait une nouvelle chance de bonheur et cette fois-ci, Jean voulait faire ce qui lui tenait à cœur. Son père serait fier de lui, de ses choix. Et puis, si la vie lui réservait de nouvelles surprises il agirait en accord avec son cœur.

CHAPITRE 5

La vie s'organisa tout doucement à la bastide. Émeline et Céline qui vivaient dans une petite maison à l'entrée de la propriété arrivaient de bonne heure. Aurige et Autouno dormaient dans le salon devant la cheminée, mais le petit Moùrou dormait sur le lit de Jean avec Pote.

La première fois que Jean avait passé la porte de la bastide, il avait été accueilli par un grand silence qui l'avait oppressé. Maintenant, la vie bourdonnait à la bastide, on entendait des miaulements, des jappements, le bruit des pattes de Pote sur le sol, cela courait, ronronnait. La maison semblait renaître, se réveiller d'un long sommeil, et quel bonheur de voir la vie reprendre ses droits

Chacun des membres de cette nouvelle famille permettait à Jean d'évoluer, il devenait plus tendre, plus patient, il adorait rester des heures devant la cheminée à regarder ses chats jouer. Il se promenait dans cette colline qu'il aimait tant avec Pote arpentant le moindre sentier qu'ils apercevaient. Il avait retrouvé du souffle et de la vivacité, comme si cette déprime l'avait enfin quitté, il se sentait plus vivant que jamais.

Jean redécouvrait la douceur de vivre, le sens de la vie. Il s'en voulait d'avoir perdu autant de temps, et au fond de son cœur, il savait qu'il avait encore une mission importante à réaliser, sauver sa relation avec son fils. Mais, comment s'y prendre, quand on a commis autant d'erreurs, de négligences ?

Jean secoua la tête, il lui fallait encore un peu de temps, il ne devait pas se tromper. Sa nouvelle ligne de conduite était de bien réfléchir, faire les bons choix, ceux du cœur. Assumer ses erreurs et essayer de les corriger, mais surtout être en accord avec son cœur et sa raison, être tout simplement honnête avec lui-même.

Ce matin-là, il partit avec Émeline et Pote vers le village, comme à son habitude, Pote s'arrêta sur le monticule rocheux.

- Qu'est-ce qui lui prend ? Demanda Émeline étonnée.

Jean siffla Pote qui refusa de bouger, il sourit tendrement en le regardant. Que ce chien pouvait parfois être agaçant, on aurait dit qu'il comprenait les tourments de son maître et voulait l'aider à les soulager. Il y avait une telle connivence entre eux. Pote était devenu son meilleur ami, l'extension de sa main, toujours à ses côtés, fidèle, avec un regard plein d'amour.

- Pote est têtu. C'est là que je viens me recueillir pour parler avec mon père. Pour me faire pardonner, m'expliquer, confier mes regrets. En fait, je lui dis tout ce que je ressens. Je n'ai jamais autant parlé à mon père que maintenant, c'est triste n'est-ce pas ? Et ce chien sait que j'en ai pas fini, alors il me force à faire mes séances d'introspection. Vous croyez à la réincarnation Émeline ? Parce que quand je vois ce chien agir, je me demande si je n'ai pas Freud à la maison.

Émeline éclata de rire, puis s'approcha doucement du point de vue. Elle s'assit à côté du chien, bientôt rejointe par Jean qui prit place à côté d'eux.

- Alors Pote pourra peut-être aussi m'aider. Vous savez Jean, tout le monde se remet en question à un moment ou à un autre. On fait tous un jour notre bilan.

Émeline regarda devant elle.

- C'est magnifique, je n'avais jamais fait attention, on voit tout d'ici. Et surtout, on a l'impression de flotter dans l'air, d'être entre le ciel et la terre.

Jean la regarda avec étonnement. Elle avait tout compris, un endroit unique où les frontières disparaissaient où les mondes se mélangeaient et permettaient de se retrouver, enfin c'est ce qu'il ressentait à cet endroit précis. L'impression d'être plus proche que jamais de son père, de ses ancêtres.

Jean sentait qu'Émeline aussi avait des soucis, mais il avait appris ici, que le moment venu, elle se confierait librement. Il devait juste attendre qu'elle en ressente le besoin.

Il la regarda droit dans les yeux, il voulait lui faire comprendre tous ses torts. Lui raconter son cheminement personnel, peut-être que cela l'aiderait elle, à son tour.

- Vous savez commença-t-il en soupirant, j'en ai commis des erreurs. Augustin mon père ne vivait que pour ses oliviers qu'il cultivait, alors que moi le monde m'appelait, je voulais réaliser de grandes choses. J'ai fui cette terre, j'ai effacé de ma mémoire le moindre souvenir, pour ne pas souffrir, ne jamais me retourner sur mon passé. J'ai fait ma vie à Paris, j'ai voyagé dans le monde entier, et j'ai oublié tous ceux que j'aimais, mon père, mes amis.

Il poussa un long soupir.

- Et puis, j'ai eu Thomas, j'étais fier, j'avais un fils, mais je n'avais pas de temps pour lui. Je parcourais le monde, plus d'argent, plus de travail, et il a grandi sans moi. J'étais ce qu'on appelle un père absent. Oh ! Ma femme Hélène s'en occupait pour nous deux, mais à sa mort j'ai craqué, je n'ai pas su prendre le relais, au lieu de me rapprocher de Thomas, je m'en suis éloigné.

Il passa les mains sur son visage, comme pour en chasser les mauvais souvenirs. Émeline le regardait silencieusement.

- J'ai fait comme avec mon père, j'ai effacé tous les souvenirs, les traditions familiales que nous avions, comme les bougies de Noël par exemple, tout ça pour ne pas souffrir. Je donnais de l'argent à Thomas, il n'en manquait pas, mais ce n'est rien l'argent, je l'ai compris maintenant. Et aujourd'hui mon fils et moi, nous ne nous parlons plus, le seul contact que nous ayons, ce sont des virements d'argent de temps en temps.

Il releva la tête vers Émeline.

- Je suis pitoyable, n'est-ce pas ? Un mauvais fils, un mauvais père, un gros nul, tout simplement.

Émeline, posa sa main sur son bras.

- Orgueilleux, prétentieux, arrogant, peut-être, mais pas nul, dit-elle en souriant tendrement. Mais, le principal vous avez enfin compris ce qui compte le plus dans la vie, les sentiments, la sincérité. C'est quoi cette tradition des bougies de Noël ?

- J'aime votre franchise, elle me fait du bien, c'est ce que j'ai aimé chez votre mère, même si au début cela surprend.

- Alors vous êtes un homme heureux et sacrément bien entouré avec ma mère et moi, dit-elle en faisant un clin d'œil.

Jean éclata de rire.

- Pour en revenir à cette tradition familiale des bougies de Noël, ma femme Hélène mettait une bougie le soir de Noël pour tous nos chers disparus, et une bougie par personne présente dans notre foyer, pour les membres de la maison. Une façon d'être uni, ensemble. Mais après sa mort, je n'étais souvent même pas là, pour fêter Noël avec mon fils. Cela me faisait trop mal alors je fuyais, quel idiot n'est-ce pas ?

- C'est bientôt Noël, vous avez demandé à Thomas de venir le passer avec nous ? Vous savez des traditions avec ma mère il y en aura, et puis cela serait génial de remettre votre tradition au goût du jour. D'en créer de nouvelles.

- Je n'ai plus de famille, j'ai tout gâché, dit tristement Jean en secouant la tête.

- Ne dites pas de bêtises, vous avez une famille atypique mais qui vous aime, vous avez Pote, Moùrou, Autouno, Aurige, Céline et moi et puis le plus important,

Thomas. D'ailleurs je crois que vous avez un coup de fil à passer, je vais retourner à la bastide toute seule et vous, appelez-le. Il est temps, vous ne croyez pas ?

Jean ouvrit la bouche pour protester, mais Émeline avait raison il était temps qu'il fasse le premier pas, il devait avoir cette explication avec son fils, faire son mea-culpa. Il espérait juste que Thomas aurait assez de cœur pour lui pardonner.

Il regarda son amie repartir doucement sur le sentier, Pote gémit et posa une patte sur lui, comme pour l'encourager. De toute façon, quel meilleur endroit que celui-ci pour dire avec sincérité ce qu'il avait sur le cœur.

Il sortit son téléphone de sa poche, le fixa un long moment. Il crut encore entendre dans le souffle du vent cette fameuse phrase, « il n'est jamais trop tard ». Sûrement le fruit de son imagination, mais quelque chose le poussait à aller de l'avant.

Il composa le numéro qu'il connaissait par cœur, même si il ne le faisait jamais. Au bout de la troisième sonnerie il entendit son fils, et son cœur s'accéléra.

- Papa c'est toi ? Que se passe-t-il ? Tu ne m'appelles jamais, Tu n'es pas malade au moins ?

- Thomas que c'est bon de t'entendre, cela fait si longtemps, trop longtemps.

- Tu me fais peur papa que se passe-t-il ?

- Rien, ne t'inquiète pas. Je suis à la bastide.

- Toi ! A la bastide ! Mais tu disais que tu n'y remettrais jamais les pieds. Tu es là-bas pour la vendre ?

- Non ! En fait si ! Pour être honnête, c'était la raison de ma venue, mais depuis, tout a changé, j'ai changé. J'ai tout compris, j'ai vu mes erreurs, avec Augustin, et avec toi, j'ai tellement de choses à me faire pardonner.

Jean raconta sa venue, sa découverte, son cheminement, tous ses regrets, il entendait une respiration de temps en temps Thomas ne l'interrompait pas, il l'écoutait. Alors Jean laissa parler son cœur, lui exprima ses regrets de l'avoir abandonné, de ne l'avoir jamais compris.

- Tu sais Thomas je suis venu à ton exposition dans cette petite salle. J'ai même acheté un tableau, tu as du talent, beaucoup de talent. Ton œuvre s'appelle « Incompréhension », j'y ai vu notre relation, les couleurs vives exprimant la violence de nos rapports, la passion entre nous. Tu m'as beaucoup touché, cette œuvre m'en a dit plus, que tous les mots. Pourquoi je ne te l'ai pas dit, je n'en sais rien, car j'étais trop stupide pour reconnaître que je m'étais trompé. Pardonne-moi mon fils, pardonne-moi pour tout. Je te téléphonais pour cela, et pour savoir si tu voudrais venir passer les fêtes de Noël avec nous à la bastide ?

- Qui nous ? Demanda étonné Thomas.

Jean lui décrivit ses rencontres, sa nouvelle famille atypique comme l'appelait Émeline, il entendit son fils rire au bout du fil, et cela lui réchauffa le cœur.

- Thomas ne me donne pas ta réponse maintenant, je ne voudrais surtout pas t'obliger à faire quelque chose que tu ne voudrais pas. Je ne veux plus rien t'imposer. Tu pourras me téléphoner dans quelques jours, cela me fera plaisir de t'entendre, et sache, que quelle que soit ta réponse je ne t'en voudrais pas, je t'aime tant Thomas.

Excuse-moi de ne pas te l'avoir dit plus souvent, mais c'est sincère.

Ils se séparèrent et Jean se leva le cœur plus léger, il vit comme la première fois un épervier s'élever dans les airs, et tournoyer, comme pour lui signifier qu'il avait bien agi. Alors il prit une grande respiration l'air froid lui brûla les poumons, mais il se sentait enfin en accord avec lui-même libre et heureux. Il se baissa pour caresser la tête de son chien qui battait joyeusement de la queue. C'était la première fois depuis bien longtemps qu'il disait à son fils qu'il l'aimait et cela lui fit monter les larmes aux yeux.

- Je l'ai fait Pote, enfin, il était temps, merci mon ami, dit-il en souriant.

Pote avait compris que son maître s'était enfin libéré d'un gros poids. Ils retournèrent tout heureux vers leur maison où les attendait leur famille. De loin il apercevait la fumée qui s'élevait, un bon feu les attendait. La bastide était son foyer.

Il adorait sa nouvelle vie, entouré de Céline et d'Émeline, les animaux apportaient la vie dans la bastide, la rendant plus chaleureuse. Ces deux femmes l'obligeaient à exprimer ses sentiments, ses doutes ses peurs. Jean avait l'impression qu'ici les choses étaient plus simples on exprimait ce que l'on ressentait naturellement, on vivait en harmonie avec la nature, la terre, pas de tricherie, ni de faux semblant, cela ne servait à rien. On se devait d'être tel qu'on était, avec ses défauts, ses erreurs, son passé. Être soi-même, tout simplement. C'était ça, la clef du bonheur.

Un jour, sa grand-mère lui avait dit que le bonheur aimait la simplicité. Il n'avait à l'époque rien compris, mais aujourd'hui avec son regard d'adulte il comprenait mieux.

Ce matin-là, il marchait Près d'Émeline, lorsqu'il l'entendit soupirer.

- Un problème ? Lui demanda-t-il doucement.

- Si je n'en avais qu'un, je serais une femme heureuse. Répondit-elle doucement.

Jean sourit. Il la comprenait bien, lui aussi avait connu cette période de doutes, de regrets. Le sentiment de ne pas être en phase avec le monde qui vous entoure.

- J'ai commis moi aussi beaucoup d'erreurs Jean. Vous voyez, il n'y a pas que vous. Je suis partie à la ville pour suivre un bon à rien, qui m'a quittée à la première occasion. Mais, mon orgueil m'a empêchée de revenir. C'est idiot quand-même.

Elle leva sur lui son regard empreint de tristesse.

- On sait qu'on est malheureux, mais on ne change rien, de peur d'aggraver la situation. J'ai un emploi de bureau que je déteste, je vis en ville alors que j'adore la nature. Dans le fond, dit-elle en soupirant, je vous admire, vous avez su donner un nouveau sens à votre vie. Comprendre qu'il n'est jamais trop tard, qu'il faut un jour faire les bons choix, car la vie est trop courte. Je vous trouve très courageux Jean.

Jean l'écoutait silencieusement, les mains dans son dos. Oui, il y avait toujours un moment dans la vie, où inconsciemment on fait le bilan, on regarde dans le rétroviseur et là, parfois cela fait mal. Ce qui vous semblait vital, essentiel à votre bonheur vous semble tout à coup si futile, si superficiel.

Émeline releva la tête vers lui, son regard brillait d'un feu intense.

- Je crois que je ferai comme vous Jean, le moment venu, à la retraite, je reviendrai, ici. C'est cette terre que j'aime, cette nature, ces odeurs de thym, de lavande, ces collines sauvages. Vous êtes un exemple pour moi, merci Jean, vous m'avez prouvée qu'il faut juste parfois un peu de courage.

Jean rit de bon cœur.

- Ce n'est pas du courage Émeline, bien au contraire. Je ne suis qu'un parfait idiot, il a fallu la mort de mon père, pour comprendre mes erreurs pour faire mon bilan. N'attendez pas aussi longtemps que moi pour être heureuse.

Il mit sa main sur son bras.

- J'aimerais pouvoir vous aider.

CHAPITRE 6

En revenant vers la bastide, Jean regarda les oliviers, majestueux, dont le feuillage brillait sous le soleil d'hiver. Cette terre avait nourri ses ancêtres depuis toujours. Il s'approcha d'un arbre caressa l'écorce de l'arbre, un geste que son père faisait tous les jours comme pour les remercier de leur générosité.

Puisqu'il avait décidé de rester, il allait relancer la production d'olives de la bastide. Oh ! Rien d'intensif, juste une petite production pour la qualité, pour le plaisir de faire revivre la bastide. Tout heureux de sa décision il s'engouffra dans la maison, à la recherche de Céline et Émeline.

- Mesdames, j'ai une idée ! Nous allons faire revivre la bastide.

- Comment ça faire revivre la bastide ? S'écria Céline surprise

Émeline le regardait attentivement, un doux sourire sur les lèvres.

- Nous allons relancer la production des olives, cette terre est faite pour ça, elle l'a déjà prouvée par le passé. Oh ! Ne vous inquiétez pas, rien de méchant, juste une petite production pour les amateurs éclairés, les passionnés, notre huile sera la meilleure. Nous miserons sur la qualité, l'excellence.

- Qualité, excellence ! Mais enfin Monsieur Jean, votre père avait tout abandonné. Il n'y a plus personne pour s'en occuper.

- Je suis là, moi ! Et franchement Céline vous croyez que je suis du genre à passer mes journées assis dans un fauteuil. De toute façon, cela sera une petite production pour le plaisir, pour l'amour de cette terre.

Céline, le regarda en souriant, elle envoya comme à son habitude, un baiser vers le ciel.

- Ah ! Monsieur Jean vous faites danser votre père là-haut, croyez-moi, il est heureux.

- Je l'espère Céline, je l'espère, il était temps que je fasse plaisir à mon père. Mais, je vais avoir besoin d'aide, j'ai pensé à vous Émeline.

- Moi ? Mais pour faire quoi ? Elle fronçait les sourcils, dans l'attente de sa réponse.

- Que diriez-vous de travailler pour moi ? De m'aider à remettre les oliviers en état, de les soigner ?

Émeline, ouvrait de grands yeux, elle ne s'attendait pas à ça. Mais après tout, cette idée la séduisait. Elle adorait la bastide, depuis toujours. En plus sa mère prenait de l'âge, et être à ses côtés la rassurerait. Quant à son travail en ville, un emploi de bureau, Il ne la satisfaisait pas, et ce depuis bien longtemps.

Mais, c'était faire un saut dans l'inconnu, et si Jean changeait de nouveau d'avis, et envoyait tout valser pour repartir à Paris ? Elle le regarda dans les yeux, ils brillaient d'un feu nouveau. Non ! Cet homme était déterminé, il voulait vraiment rester, elle en était persuadée.

Jean voyait bien les doutes, les tourments dans le regard d'Émeline. Il devait la convaincre, il ne voulait pas la perdre. C'est en cherchant le moyen d'aider son amie, que cette idée avait germée dans son esprit.

De toute façon il voulait redonner sa splendeur d'antan à la bastide, une façon de se racheter, d'honorer ses ancêtres.

- Je vous offrirai un salaire supérieur à celui que vous touchez, les horaires seront souples, et de toute façon avec votre caractère, nous le savons tous les deux, si quelque-chose ne vous plait pas vous me le direz, n'est-ce pas ?

Céline éclata de rire, elle était si heureuse de voir les projets de Jean, cet homme la surprenait tous les jours. Avoir sa fille auprès d'elle, c'était son rêve qui se réalisait. Tout doucement, elle chuchota, en croisant les mains.

- Merci Augustin.

- Je suis folle, mais pourquoi pas ! Après tout, si vous êtes capable de changer de vie pourquoi pas moi ? Mais, vous êtes sûr d'avoir les moyens ? Demanda Émeline inquiète

Jean hocha la tête en souriant. C'est ce qui lui plaisait, ici. On se fichait de savoir s'il avait fait fortune, quel était son patrimoine ? Les gens appréciaient l'homme, on le jugeait sur ses actions. En fait, il avait amassé une fortune colossale.

Mais l'argent ce n'est rien, il le savait aujourd'hui, ce qui compte ce sont les valeurs transmises, les relations humaines, le cœur, la sincérité. Toutes ces valeurs essentielles, oubliées au fil des ans. La bastide lui offrait une nouvelle vie, et Jean ne voulait pas rater cette chance.

Le repas fut joyeux, tout le monde était heureux de voir la tournure des évènements, les chatons jouaient autour d'eux, Pote restait fidèlement à ses côtés. Jean le caressait distraitement, il avait repris du poids, on sentait moins ses côtes. Pote devenait superbe, on ne le reconnaissait pas, l'amour le transformait de jour en jour. Quand ce chien le regardait dans les yeux, il y avait tant de reconnaissance, de bonté, que Jean en était ému.

Oui, le vétérinaire avait raison ces animaux n'étaient pas arrivés par hasard dans sa vie. Il en avait eu besoin. Ils lui avaient permis de comprendre, ce qui est essentiel, le sens de la vie.

Jean et Émeline, s'occupèrent des oliviers les jours suivants, pour déterminer leur état. Il y avait beaucoup à faire, son père avait négligé les arbres. Mais, ayant grandi au milieu des oliviers, il connaissait parfaitement le travail transmis par son grand-père et son père, il retrouvait les gestes ancestraux, et surtout il y prenait beaucoup de plaisir.

Il y avait cependant un bémol à son bonheur, il n'avait aucune nouvelle de Thomas. Cela lui déchirait le cœur. Oh ! Bien sûr, il ne lui en voulait pas, comment pardonner des années de négligence. Il secoua la tête tristement.

Ce jour-là, ses deux amies s'affairaient dans la cuisine à la préparation du repas du réveillon. Lui, venait de finir l'installation de la crèche et du sapin. Ils avaient attendu le dernier moment, car comme prévu les chatons s'en donnaient à cœur joie. Pas sûr que le sapin et la crèche soient encore en état ce soir. Mais après tout, cela ne l'inquiétait pas, ils amenaient la vie dans la maison, alors même si il fallait ramasser quelques boules ou remettre en place pour la millième fois les santons, était-ce si grave ?

Il avait envie de marcher, il siffla Pote, contrairement à ses habitudes, il se dirigea vers le fond de la propriété vers un amas rocheux. Quand il était jeune son père ne voulait pas qu'il y aille, c'était à son goût bien trop escarpé. Mais sans savoir pourquoi, Jean décida d'aller y faire un tour. Cet endroit l'attirait.

- Où est Jean ? Demanda Émeline d'une voix légèrement inquiète à sa mère. Cela fait maintenant un moment qu'il est parti, il fait si froid, il aurait dû revenir.

Sa mère la regarda un léger sourire au coin des lèvres.

- J'ai l'impression que tu t'inquiètes beaucoup pour lui ? Tu sais il est né ici, il connait chaque recoin de cette colline et Jean est quelqu'un de réfléchi, il ne fera rien de dangereux. Si ça se trouve il va encore nous ramener un chaton. Et puis Pote est avec lui, il ne craint rien, ce chien est d'une rare intelligence. J'imagine sa tête si Pote lui ramène un nouveau membre de la famille.

Les deux femmes éclatèrent de rire. La porte d'entrée s'ouvrit dans un grand fracas, un courant d'air glacé s'y engouffra faisant se retourner les deux femmes.

- Vous ne devinerez jamais ! S'écria joyeusement Jean, son regard pétillait de malice.

- Si c'est encore un chaton, pour sûr le vétérinaire va vous prendre pour un fada, précisa Céline en souriant.

- Non, non ! Rien à voir avec un chaton c'est…

Au même moment, le bruit d'une voiture se fit entendre dans la cour. Jean s'interrompit, étonné. Il s'approcha de la fenêtre de la cuisine pour identifier son visiteur .En reconnaissant la silhouette mince et élancée, son cœur fit des bonds, il se précipita dehors et s'arrêta figé en plein milieu de la cour. Les deux hommes se regardèrent un long moment et Jean ouvrit en grand les bras, son fils s'y précipita.

Jean avait les larmes aux yeux, il tapotait le dos de son fils comme pour se persuader de sa présence.

- Oh ! Thomas je n'y croyais plus. Je… Je pensais que tu m'en voulais, j'ai tellement de choses à te dire, te demander pardon pour tout, pour mon absence, pour mes silences, je ne suis qu'un idiot mais je le sais maintenant.

Thomas se recula, et regarda son père avec tendresse.

- C'est vrai que ton appel m'a surpris, mais quand tu as raccroché, je me suis rendu compte, que sans le savoir je l'attendais depuis longtemps, j'ai eu l'impression d'être libéré d'un poids, j'avais enfin la certitude que je comptais pour toi. Thomas cherchait l'approbation dans le regard de son père.

- Tu es ce que j'ai de plus précieux, tu sais…

- Bon ! Alors vous rentrez, où vous comptez passer le nouvel an à vous geler dehors, s'écria joyeusement Céline derrière eux en les interrompant.

Les deux hommes se regardèrent, ils étaient gelés, ils rirent de bon cœur. Jean se rendait compte, que ce réveillon serait le plus beau de sa vie. Ils rentrèrent bien au chaud dans leur maison.

Jean lui présenta ses deux amies.

- Oh ! Mais on se connaît papa, j'ai eu Céline et Émeline au téléphone, et je dois dire qu'on a beaucoup parlé de toi, de ta nouvelle vie, de ton retour à la bastide.

- Quoi ! Mais pourquoi ne m'avoir rien dit, je me rongeais les sangs de ton silence.

- Oui, mais on savait que cela vous ferait tellement plaisir d'avoir cette surprise, on ne voulait surtout rien gâcher de vos retrouvailles, précisa Émeline. En plus, vous êtes passé devant la table, pour le réveillon, il y avait un couvert de plus. On avait peur avec maman que vous compreniez.

- Je croyais que c'était comme la tradition l'exige, l'assiette du pauvre.

Pote se précipita vers ce nouveau visiteur, Thomas se baissa pour lui caresser la tête, puis il aperçut les chats devant la cheminée en train de jouer, avec des balles dans leur panier.

- Mais que t'est-il arrivé papa ? Je ne te reconnais plus. Toi que je croisais toujours entre deux avions, te voilà totalement transformé, tu as pris un coup sur la tête ?

Jean donna une grand claque dans le dos de son fils.

- Je crois au contraire que je l'ai retrouvée, et si tu veux mon avis il était temps.

Les deux femmes mirent la dernière touche à leur repas pour faire de ce réveillon, un moment unique, spécial.

Tout y était, les trois nappes, avec les trois chandeliers allumés et les trois soucoupes de blé germé. Jean s'arrêta, retrouver toutes ces traditions lui rappela son enfance, tout ce qu'il avait occulté de sa mémoire, il se retourna vers ses deux amies et les prit chacune leur tour dans ses bras, le cœur plein de gratitude.

- Grand merci, vous avez fait de ce réveillon un moment unique, magique.

- Oh ! Mais il reste une autre tradition à respecter, précisa Émeline en se saisissant d'un sachet contenant des bougies.

- Les bougies de Noël, Jean. Il est temps de faire revivre votre tradition.

Jean ému s'empara de son sachet, Thomas le regardait avec tendresse, l'encourageant du regard. Il prit une grande respiration.

- Vous avez raison c'est une belle tradition on la rajoutera aux autres. Il s'empara des allumettes, ouvrit la fenêtre.

Il alluma d'abord une grosse bougie rouge.

- Pour tous nos disparus, dit-il doucement, tous ceux qui restent à jamais dans nos cœurs, pour toi aussi papa que je n'ai pas toujours compris, excuse-moi. Puis, celle-ci pour toi Thomas, ma raison de vivre, une autre pour Céline, dit-il en la regardant, et celle-ci pour toi Émeline.

Les deux femmes les regardaient avec tendresse.

- Mais, notre nouvelle famille ne s'arrête pas là. Il continua d'allumer les bougies. Celle-là pour toi Pote mon meilleur ami, le chien le regarda avec amour, et puis une pour Moùrou, une pour Autouno et une pour Aurige. Que ces bougies brillent le plus longtemps possible, pour dire au monde notre bonheur d'être ensemble.

- Waouh ! Quelle belle famille nous avons là, s'écria Thomas joyeusement, en refermant la fenêtre.

Le repas fut bruyant et joyeux, une famille heureuse de se retrouver, quant à nos amis à quatre pattes, ils avaient compris que le menu aujourd'hui était fort intéressant et ils tournaient autour des convives à la recherche de petits morceaux, qu'on leur glissait discrètement sous la table.

- Vous allez rester un moment Thomas ? Demanda Céline avec sa discrétion habituelle.

Jean retint son souffle, il n'avait pas osé la poser de peur d'être déçu, il n'avait pas voulu gâcher cette soirée.

Thomas se tourna vers son père, il prit une grande respiration puis se mit à sourire.

- Je crois que je vais rester un bon moment. Enfin, si tu n'y vois pas d'inconvénients ? Demanda Thomas en regardant son père.

Jean avait du mal à réaliser, à comprendre ce que Thomas venait de dire.

- Quoi ! Mais tu es fou, au contraire, reste autant que tu veux, c'est ta maison, notre maison.

Céline se pencha vers Thomas avec des airs de conspirateur.

- En plus votre grand-père, disait toujours qu'il y avait un trésor dans cette maison.

- Sérieux ! S'écria Thomas étonné. Un trésor ?

Jean éclata de rire.

- Oh ! Vous pouvez rire, j'ai toujours entendu Augustin le dire. Cette maison renferme un trésor. Pff ! Votre père n'y croit pas. Mais, moi je sais qu'Augustin y croyait dur comme fer, dit-elle en hochant la tête.

Émeline regardait les convives avec un sourire.

- Un trésor ? C'est génial, j'ai toujours rêvé d'en trouver un, dit-elle.

- Eh papa ! Et si on le recherchait ?

Jean prit le temps d'observer chacun des convives.

- Ce n'est pas la peine, dit-il avec assurance.

- Parfois Jean vous êtes plus têtu qu'une vieille mule, je vous dis qu'il existe ce trésor, j'en suis sûre, insista Céline.

Jean la regarda, puis éclata de rire.

- Ce n'est pas la peine, car… je l'ai trouvé, aujourd'hui.

- Quoi ! S'écrièrent les trois convives en se levant en même temps.

- Mais, où ?

- Quand ?

- C'est quoi ?

Les paroles fusaient, devant un Jean hilare qui levait les bras pour leur intimer le silence.

- C'est ce que je voulais vous dire dans la cuisine tout à l'heure quand Thomas arrivait.

- Oh ! Bon sang ! Je veux voir ce trésor, précisa Céline en fronçant les sourcils.

- Demain matin je vous y emmènerai tous, c'est promis, dit Jean.

- Oh non ! Maintenant après tout ce réveillon est unique, allons-y coupa un Thomas surexcité.

- Quoi ! Mais il fait nuit et très froid.

Toutefois, devant la détermination de sa famille, Jean ne put que se lever.

- Il nous faudra des lampes, beaucoup de lampes, et couvrez-vous bien surtout. Nous devons nous rendre au fond de la propriété dans l'amas rocheux.

- Là ou votre père vous avait interdit d'aller ? Demanda Céline.

Jean hocha la tête en souriant. Ils se dépêchèrent de se couvrir, et de se munir de lampes, même Pote semblait excité à l'idée de ressortir se promener.

CHAPITRE 7

Marcher dans la nuit froide, ne fut pas évident Jean et Thomas soutenaient Céline, Pote marchait à leurs côtés suivit d'Émeline.

- Attention où vous mettez les pieds précisa Jean, il y a plein de cailloux.

Il entraîna sa petite famille vers un amas rocheux qu'il éclaira, puis il repoussa un gros buisson et contourna un énorme rocher qui masquait l'entrée d'une grotte. Ils se retrouvèrent dans une grande cavité, on y voyait encore de vieilles caisses et une table. Jean posa une grosse lampe au milieu pour éclairer.

- Waouh ! C'est fou ! S'exclama Thomas c'est quoi tout ça ?

- Je suppose que cela servait d'abri en cas de danger.

Thomas s'approcha de la table sur laquelle, il y avait un vieux coffre métallique qui contenait des bourses en cuir très anciennes. Il en ouvrit une et fut surpris par sa découverte, bien enveloppé dans des tissus usés, se trouvait des graines.

- C'est quoi tout ça ? Demanda-t-il l'air étonné.

- J'ai découvert ces boîtes aujourd'hui. Ce sont des graines, c'est écrit en latin, tu as des tomates, et là des noyaux d'olives, puis des courgettes. Toutes sortes de graines, qui devaient pousser sur la bastide, pour faire vivre notre famille. Mais regarde au fond, ce vieux cahier tu verras, c'est incroyable, non ?

Thomas opina de la tête ébahi devant cet héritage familial. Un cahier très ancien, avec une belle écriture, du Provençal dont il ne comprenait rien. Son père le lui prit des mains et lui montra la date, mille sept cent cinquante-quatre.

- Waouh ! S'écria Thomas. Si vieux que ça, c'est fou !

- Les premiers CAMOIN à s'y être installés, je te lirai leur histoire plus tard lui répondit son père ému. Tout en pressant le livre contre son torse, il se dirigea vers le fond de la grotte.

- Mais le trésor est là, dit-il en éclairant le mur. Tous levèrent la tête et restèrent figés.

Sur le mur était gravé, et peint en noir les mots suivants en Provençal. Jean lut à haute voix pour leur traduire.

- Le trésor de la bastide c'est le cœur de ceux qui y vivent, une maison n'est rien sans amour, c'est ce qui fait la différence avec un foyer. La bastide est le foyer des CAMOIN et le sera, tant que leur cœur y battra. Préservez ce trésor, il est unique. Ces graines ont permis à notre famille de survivre, cette terre est notre richesse.

Un grand silence régnait, chacun lisant et relisant, cette phrase laissée par l'un des premiers CAMOIN ayant sûrement bâti la bastide.

- C'est tellement vrai chuchota Céline. Donc Augustin avait bien raison il y avait bel et bien un trésor à la bastide.

- Et quel trésor ! S'exclama Thomas. Tu vois papa depuis que tu m'avais dit que tu voulais la vendre, j'avais au fond de moi quelque-chose qui me disait que c'était une erreur, on ne doit pas s'en séparer.

Maintenant je comprends, cette terre c'est nos racines, nos valeurs, notre histoire.

Jean regarda son fils intensément.

- J'ai mis du temps à le comprendre, mais c'est en revenant que l'amour de cette terre, de ce lien s'est réveillé, a rugi en moi comme un torrent. Je fais partie de ce lieu comme toi Thomas.

Thomas prit en photo ce trésor.

- On doit conserver cette phrase dans la maison, on la fera graver, ne jamais l'oublier.

Ils repartirent tous vers la maison, pour se réchauffer devant la cheminée, la découverte de ce trésor, avait fait de cette soirée un moment unique, magique.

Thomas se leva brusquement, il se dirigea vers la fenêtre où les bougies continuaient de brûler doucement, au fond se devinait l'amas rocheux renfermant le trésor.

Jean intrigué posa la main sur l'épaule de son fils.

- Qu'est-ce qu'il y a ?

- Je crois que j'ai envie de vivre ici, de découvrir mes racines. À vingt-quatre ans je suis toujours dépendant de toi, tu sais, tu avais aussi un peu raison. J'aurais dû prévoir un plan pour m'assumer financièrement, au lieu de tout miser sur mon art. Dans un sens, je me suis montré aussi têtu que toi, je ne voulais pas céder. La mort de grand-père m'a aussi changé, j'ai compris que dans la vie on est maître de ses choix, on ne doit pas toujours rendre les autres responsables de ses erreurs.

Jean tapota avec tendresse le dos de son fils.

- Après tout, c'est ici que je trouverai l'inspiration pour mes tableaux. Tout le monde sait que la lumière en Provence est exceptionnelle. Si tu veux bien de moi, bien sûr.

Jean ouvrit grand la bouche de surprise.

- Quoi ! Vouloir de toi ? Mais, c'est mon rêve Thomas, jamais je n'aurais osé te le demander. J'avais même décidé de faire revivre une petite production pour créer notre huile d'olive comme par le passé, un produit d'exception. Je veux que ce lieu revive. C'était le rêve de mon père et de nos ancêtres. Et puis maintenant si on peut faire pousser ces graines, on aura une production unique, tu te rends compte, de ce potentiel ?

- Une production d'huile d'olives comme avant ? Un potager du passé ? Tu crois que c'est possible avec des graines aussi vieilles ?

Thomas regardait son père éberlué par ce projet. Mais, après tout cela ne le surprenait pas, son père était un fameux homme d'affaires.

- Si tu veux je dessinerais l'étiquette de notre production, et je pourrais même t'aider à travailler.

- Non ! Pas question ? Toi tu peindras, tu es doué. Je veux que tu fasses ce que tu aimes. Émeline m'aidera et j'engagerai des hommes si besoin. Que penses-tu de ce nom « Aux saveurs d'Antan » ?

- Cela sonne bien, j'aime beaucoup dit Thomas en souriant. Alors je l'aiderai de temps en temps. Je veux apprendre, et cette terre et ces arbres nourriront mon inspiration je le sens. J'exposerai toujours sur Paris, et j'ai mon site pour vendre mes toiles. Il ne me reste plus qu'à trouver une pièce, pour installer tout mon bazar.

- La grange s'écria Émeline joyeusement.

- Mais bien sûr ! C'est un lieu incroyable. Nous pourrons la transformer pour en faire un magnifique atelier, et un studio si tu veux ? C'est tellement immense. On y créera de grandes baies vitrées pour y faire entrer la lumière naturelle. Tu verras Thomas, on en fera quelque-chose d'exceptionnel.

Jean chercha le regard de son fils, il le fixa intensément.

- Tu es sûr que tu ne regretteras pas, que ce n'est pas ce trésor qui te bouleverse ? Tu sais, je comprendrais si tu veux changer d'avis demain. Thomas ce que je veux par-dessus tout, c'est que nous soyons honnête l'un envers l'autre, que l'on s'explique en cas de problème. Je ne te forcerai jamais plus, à faire ce que tu ne veux pas, la vie est trop courte, j'ai fait mon propre chemin, trace le tien.

Thomas sourit à son père.

- Ce n'est pas une décision impulsive. En fait, depuis la mort de grand-père cela m'embêtait que tu veuilles vendre ce lieu. Je ne sais pas pourquoi, mais cela m'embêtait. Je crois que je t'aurais demandé d'attendre, de me laisser une chance ici. Pourquoi ? Je n'en sais rien. Enfin, maintenant si, je sais pourquoi. Car ce lieu fait partie de nous. Et grand-père le savait j'en suis certain, il savait que nous reviendrions un jour ou l'autre. On ne peut pas y échapper, nous sommes liés à cette terre. Tu crois au destin papa ?

- Oui, il savait, tu as raison Thomas. Il disait toujours qu'il n'est jamais trop tard, comme il avait raison. Pour répondre à ta question dit-il en regardant Pote avec tendresse, je dois dire que ma vision des choses a changé, Rien n'arrive par hasard dans la vie.

Toute la nuit chacun décrivit ses projets, ses rêves. Jean et Thomas assis sur le canapé, avec un chaton chacun sur les genoux, Pote couché au milieu. Émeline assise dans le fauteuil d'Augustin, souriait devant ce bonheur retrouvé, à cette famille enfin réunie.

Céline quant à elle, observait avec tendresse, chacun des membres de cette nouvelle famille.

- Tu as réussi Augustin, je le savais. Tu as fait de ce Noël un moment magique, merci pour tout. Veille de là-haut, et moi je m'occuperai d'eux ici, dit-elle en envoyant un baiser vers le ciel.

Elle crut entendre son ami, lui chuchoter à l'oreille « Tu vois, il n'est jamais trop tard, il faut juste le vouloir et y croire ».

Table des matières